# IL DESTINO DEL

Romanzo

di Laura Novelli

*"Alla mia, sfuggente, fiamma."*

# 1

†

*1500 a.c., Asia Minore*

L'ultimo vento invernale aveva attraversato il mare.
Con le sue fredde raffiche, scuoteva la pianura deserta al di là delle
colline, portando con sé granelli di sabbia che graffiavano la pelle
ma Lynn, incurante, continuava la corsa.
Le impronte dello stallone nero che cavalcava, marchiavano la terra
dell'Anatolia, lasciando tracce del passaggio destinate a svanire sotto
i colpi delle violente folate; su quella distesa rossa la giovane
amazzone cavalcava assaporando l'inebriante sensazione di libertà.
Solo quando le prime tracce di vegetazione spuntarono all'orizzonte
e i fruscii delle foglie si fecero più intensi ridusse l'andatura
dell'animale: un nitrito scalfì l'aria e, dopo un breve trotto, il cavallo
si fermò permettendole di scivolare a terra.
Finì per acquattarsi tra le mangrovie, in attesa. Il loro intrico di rami
la nascondeva alla vista di chiunque, dandole una posizione di
vantaggio.
Inspirò piano e il suo sguardo trasparente vagò lungo la sponda.
Il fiume Termodonte, dalle acque del colore dello smeraldo, scorreva
calmo, accogliendo come un fratello i raggi del sole che
s'infrangevano luminosi sulla sua superficie.
Incantata da quello spettacolo e desiderosa di saggiare a sua volta il
tepore del sole anche lei si sporse, lasciandosi sfiorare.
Subito i raggi la colpirono, accarezzandole il volto e il corpo fino a
scaldarle la pelle con il loro calore. Forti e leggeri, simili a braccia
robuste, l'accoglievano in un tenue abbraccio e il senso di mancanza
che percepiva nell'animo svanì.
Chiuse gli occhi per godersi quel momento, crogiolandosi in quella
sensazione, fino a quando l'incanto non svanì. Solo allora si
costrinse a tornare alla realtà e i suoi occhi osservarono di nuovo la
foresta.
La familiare brezza, l'erba, il cielo... dalla caccia successiva non le
sarebbero sembrati più così. La giovane novizia avrebbe lasciato il
posto all'agguerrita guerriera e avrebbe bandito lontano da sé ogni
sensibilità: la durezza sarebbe stata la sua corazza, il coraggio la sua
arma.

Si permise di godere degli ultimi istanti di quell'esistenza. Poi, quando il pelo maculato di una lince si distinse in mezzo al fogliame, la lasciò andare.

Per un istante interminabile la sua mano non si mosse poi fu pronta ad afferrare l'arco: era la sua caccia di Iniziazione e non poteva fallire.

Così rimase nascosta ad osservare i movimenti aggraziati dell'animale fino a quando non ne comprese le intenzioni: il felino, vinto dalla sete, si stava dirigendo verso il fiume.

Lasciò che si allontanasse di diversi passi, restando controvento per impedirgli di fiutare il suo odore poi, mentre l'animale si fermava per abbeverarsi, tese l'arco concentrandosi sul bersaglio.

I muscoli tesi per lo sforzo, le dita ben salde sulla corda: tutto confluiva nella freccia che stava per scoccare.

La sua mano stava per lasciarla andare quando il felino si girò: i loro sguardi si incrociarono e la preda schiuse le fauci.

«*Non sono stata io ad averla spaventata.*» realizzò subito Lynn, abbassando l'arma.

Il senso di pericolo che percepiva sarebbe dovuto cessare ma, al contrario, lo sentiva crescere fino a sommergerla.

Così si mosse: i suoi sensi acuiti dagli anni di addestramento le vennero in soccorso. Girò su sé stessa gettandosi a terra proprio mentre l'improvvisa zampata di un orso fendeva l'aria sopra di lei.

Il colpo andò a vuoto e Lynn, agilmente, si rimise in piedi mentre il predatore sbilanciato, barcollava.

Era il momento di colpire!

La giovane scoccò la freccia che volò trapassando una zampa della bestia. Si levò un grugnito di dolore ma invece di crollare, l'orso continuò ad avanzare verso di lei.

La novizia preparò subito un nuovo attacco mentre lo aspettava senza indietreggiare e un sorriso spavaldo le comparve sulle labbra.

Era perfettamente calma: mantenere il sangue freddo era una cosa che le avevano insegnato fin da bambina.

Doveva solo aspettare che si avvicinasse ancora; così trattenne il fiato e tese la corda dell'arco: quando l'animale partì di nuovo all'attacco scoccò la freccia e lo colpì, trapassandogli il petto.

L'orso cadde a terra.

Lynn aspettò immobile di vedere se si sarebbe rialzato ma non accadde: il predatore giaceva riverso, ormai privo di vita. Così ripose l'arco e si avvicinò.

Una volta giunta a Temiscira l'avrebbe scuoiato e la sua pelle, insieme a quella degli animali che le altre novizie avrebbero catturato, sarebbe stata cucita per formare il tappeto sul quale, quella notte, durante il Rito, avrebbero camminato per andare incontro alla Sacerdotessa.

Immaginò le parole di elogio che avrebbe ricevuto dalla Madrina: gli orsi erano difficili da trovare. Poi si chinò sul corpo dell'animale ed emise un lungo fischio.

«Grazie Madre.» sussurrò, apprezzando il dono che la terra le aveva fatto mentre il suo cavallo, inseparabile compagno di vita, le trottava incontro.

Lynn osservò lo stallone che lo sovrastava con espressione fiera. Poi avvicinò la mano per accarezzargli il manto scuro.

A quel contatto, Zeus emise un nitrito soddisfatto e la novizia gli salì in groppa.

La barella che aveva improvvisato, fatta di stoffa e rami, non sarebbe bastata per trasportare l'orso fino a Temiscira; sarebbe dovuta tornare per chiedere alle compagne disponibili di aiutarla.

Così spronò il cavallo e si diresse al galoppo verso la città, contenendo a stento l'emozione. Tra una luna, i raggi del sole avrebbero scaldato il corpo di un'amazzone.


La lama della daga che portava al fianco lo aiutava a farsi spazio tra la fitta vegetazione.

Dragan recise l'ennesimo arbusto: il tramonto stava calando in fretta mentre le ombre dei rami andavano allungandosi. Gli uccelli, difatti, avevano smesso da tempo di cantare avvolgendo la foresta nel silenzio tipico della notte.

L'uomo si adattò muovendosi furtivo, con passi simili a fruscii di foglie al vento.

Per mesi aveva galoppato lungo le terre al di là delle colline, vagando come spia tra i villaggi dei popoli vicini: un'ombra che si muoveva tra le ombre, che aveva udito, non visto, sussurri di conversazioni su piani di conquista.

Incappucciato sotto la tunica nera che lasciava intravedere ciuffi di capelli scuri, la sua figura di guerriero spiccava tra gli alberi.

Rilassò le spalle allentando la tensione che per giorni gli aveva attanagliato i muscoli. Finalmente aveva concluso la missione affidatogli; nessuna minaccia di un attacco incombeva sul popolo dei Gargarensi.

La foresta cominciava a diradarsi lasciando intravedere i primi tetti di paglia delle capanne del villaggio. Dragan affrettò l'andatura, incurante del rumore che i suoi passi pesanti avrebbero prodotto. Gli stivali di cuoio, che gli fasciavano i polpacci, adesso premevano con forza sulle felci.

La trepidazione di tornare dopo tanto tempo alla sua casa natale, unita al desiderio di rivedere il piccolo Fergus gli facevano desiderare di salire in groppa al cavallo e spronarlo a estinguere la poca distanza che ancora lo separava da ciò.

Si bloccò sorpreso: era la prima volta provava dei sentimenti verso il bambino che aveva in affido. Era... strano: nel profondo dell'animo non aveva ancora accettato il suo ruolo di padre.

Ricordava ancora il giorno in cui il piccolo gli era stato affidato.

Agnus, figlio legittimo del capoclan, aveva bussato alla sua porta con un fagotto in braccio; la stagione degli amori si era conclusa e come di consuetudine avveniva lo smistamento dei bambini maschi.

A quel tempo Dragan contava ventotto inverni ed era restio a prendersi cura di quella creatura; non aveva però potuto opporsi alla scelta: le regole del clan non lo permettevano.

Così si era trovato a dover crescere un bambino, a cacciare per lui; non aveva che tre lune ma una volta cresciuto sarebbe diventato a sua volta un guerriero.

Scosse il capo, cercando di scacciare quei pensieri. Lui era un combattente non un padre! Eppure, il destino aveva deciso diversamente.

E mentre la foresta si diradava per lasciare posto ai campi Dragan capì che, ancora per pochi metri, avrebbe potuto non essere entrambi.

I tetti bronzo-argento dei templi della città di Temiscira risplendevano sotto il sole del tramonto.

Lynn spronò Zeus al galoppo sollevando foglie e polvere e il cavallo nitrì, felice di obbedire al comando.

Corsero percorrendo vie di ciottoli fino a quando la piazza non comparve davanti a loro. Solo allora, ignorando gli sguardi contrariati che le altre amazzoni le rivolsero, Lynn ridusse l'andatura dell'animale e si diresse verso la capanna della Madrina.

Aveva scuoiato l'orso e Ivres l'attendeva per la Vestizione: restava poco tempo: non appena il sole fosse calato all'orizzonte la Cerimonia avrebbe avuto inizio.

Quando la sentì arrivare, l'amazzone uscì sulla soglia. Il volto anziano era tirato e le rughe che lo solcavano non facevano altro che accentuare la sua espressione seria.

«Eccomi Madrina.» la salutò Lynn. Poi smontò con un balzo, esponendosi interamente al suo sguardo.

«Hai fatto tardi. La cerimonia sta per cominciare.» la rimproverò la donna scuotendo il capo.

«Il trasporto della preda richiedeva un aiuto dalle sorelle.» spiegò Lynn, tenendo il capo basso in segno di rispetto.

Ivres era una tra le amazzoni più esperte e valorose: l'aveva cresciuta, addestrata, mostrandole il suo valore in battaglia. Era certa che non avrebbe potuto avere una maestra migliore e, a quel pensiero, l'affetto misto al rispetto la scossero dentro.

L'altra borbottò qualcosa in risposta per poi indicarle di entrare e Lynn eseguì senza discutere.

Superato l'ingresso posò subito l'arco per poi prendere la veste che la donna le porgeva.

«Pelle di lince.» sussurrò non appena le sue dita ne sfiorarono il tessuto. «L'hai cacciata per me?»

Ivres annuì mentre lei si spogliava poi la raggiunse per aiutarla.

«Agile.» esclamò la donna intingendo il pollice destro in una ciotola ricolma di terra.

«Letale.» proseguì, tracciando una striscia obliqua sulla guancia della giovane.

«Amazzone.»

Ripeté il gesto sulla sua guancia poi le prese le mani tra le sue.

Lynn restò in silenzio per ascoltare ciò che l'anziana mentore voleva dirle ma proprio in quel momento il suono di una cetra risuonò deciso nell'aria, annunciando il raduno.

«Andiamo.» la voce della Madrina bloccò qualsiasi domanda.

Poi le prese la mano e la condusse fuori, attraverso l'oscurità della notte.

«Sei convocato.»

Quelle parole rimbombavano senza sosta nella mente di Dragan mentre, con passo svelto, si dirigeva verso la tenda del capoclan.

Virtius lo aspettava adagiato sullo scranno di pelli che fungeva da trono. Nella penombra, l'aspetto stanco conferiva al suo volto un'espressione sofferente.

Dragan si trattenne dal fare la domanda che premeva per uscire dalla sua bocca, attendendo che fosse Virtius a spiegargli il motivo di quell'inaspettata convocazione.

Quest'ultimo si alzò lentamente e si diresse verso il punto in cui il giovane lo aspettava. Gli fece cenno di avvicinarsi e quando Dragan lo fece, appoggiò la mano rugosa sulla sua testa in un gesto pacato. Poi parlò e la sua voce ammorbidita dagli anni risuonò nella tenda.

«Figlio.»

*Illegittimo* era una parola che aleggiava silenziosa tra loro facendo percepire a Dragan qualcosa di molto simile al dolore.

«Padre... come posso servirvi?» domandò allora, inchinandosi e sforzandosi di scacciare quella sensazione.

«Ho un compito per te, una missione delicata che non posso affidare ad altri. Io ormai sono vecchio e Agnus mi serve qui.»

Dragan fece una smorfia cercando invano di nascondere il suo disappunto.

Il capoclan sembrò percepirlo perché si affrettò ad aggiungere «Mi dispiace. Nel giro di poco tempo ti chiedo di lasciare di nuovo la tua casa ma se lo faccio è per il suo stesso bene.»

Trattenne un attimo di respiro e dopo aver placato la tosse che lo colse svelò - «Devi andare oltre la collina, figlio mio.»

Non aggiunse altro, non ce n'era bisogno. Dragan capì quello che avrebbe dovuto fare e la rabbia minacciò di sopraffarlo.

Sarebbe andato dalle Amazzoni, a Temiscira. I giochi Targarei stavano per avere inizio e il capoclan dei Gargarensi, in quanto alleato avrebbe dovuto presenziare per rinsaldare il loro accordo.

Era un compito estremamente delicato e Virtius sapeva che Agnus, con il suo agire impulsivo, non sarebbe stato adatto. Perciò inviava lui certo del fatto che non l'avrebbe deluso.

«È necessario padre?» chiese, conscio della risposta che avrebbe ricevuto.

«Lo è. Lo sai meglio di me.»

Dragan strinse i denti, trattenendo a stento l'istinto che lo spronava ad andarsene. Lo sapeva ma la sua mente si rifiutava di accettarlo; non voleva avere niente a che fare con le amazzoni.

Una smorfia gli uscì dalle labbra senza che se ne accorgesse: com'era diverso il suo pensiero fino a pochi anni prima!

Allora, come tutti i ragazzi della sua età, non aveva esitato ad approfittare dell'accordo con le donne guerriere: ogni primavera, ogni notte, per due mesi aveva avuto una donna da soddisfare e che lo soddisfasse senza alcun vincolo da rispettare se non quello di dare appagamento. Ma da quando Fergus era apparso nella sua vita la prospettiva del piacere era stata sostituita dal disprezzo per quel popolo femminile.

Ogni figlio maschio, frutto di quelle unioni stagionali, veniva abbandonato con ribrezzo ed indifferenza. Lui stesso era nato da quegli incontri occasionali: non avrebbe mai saputo chi l'avesse generato.

Ma se da piccolo ne aveva sentito la mancanza, ora tutto ciò che provava era odio verso la madre che non l'aveva voluto.

Da allora non aveva più toccato un'amazzone né partecipato ad altri riti d'accoppiamento.

Più volte aveva cercato di convincere Virtius a sciogliere l'accordo, invano. Troppi membri del clan sarebbero morti in uno scontro con quelle spietate guerriere, per non parlare del fatto che, indeboliti dalla lotta, avrebbero rischiato di venire sopraffatti dai bellicosi vicini che aspettavano solo un pretesto per invadere i loro confini.

Così non era rimasta che la rabbia che si accentuava ogni volta che incrociava lo sguardo del piccolo Fergus e che traboccava ogni qualvolta si nominavano le donne.

Sapeva che gli occhi di Virtius erano posati su di lui, intenti a cogliere ogni minima emozione, come sapeva che non ci sarebbero state alternative. Sarebbe andato a Temiscira ad assistere ai giochi. Lo capì non appena il suo sguardo s'incrociò con quello dell'anziano. Avrebbe protetto la sua casa a qualsiasi prezzo: poco contava il sacrificio personale.

«Andrò padre.» esalò senza ombra di incertezza nella voce. «Per il bene del clan.»

Virtius emise un lungo sospiro. Vedere la sofferenza negli occhi del figlio lo colpiva ma il dovere verso il suo popolo gli impediva di lenirla.

«Così sia.» stabilì allora con voce ferma.

Avrebbe voluto dirgli quanto fosse fiero dell'uomo che aveva davanti ma non ci riuscì; il capoclan dei Gargarensi non poteva concedersi debolezze.

Così restò in silenzio ad osservare Dragan uscire: le spalle rigide gli confermavano che era rimasto ferito dalle sue parole dure.

«Verrà il momento, figlio, in cui lo farò.» sussurrò alla tenda ormai deserta mentre la stoffa che fungeva da porta si chiudeva davanti a lui.


Un vento tiepido soffiava, scompigliando la distesa d'erba tra le colline.

Il cielo era terso mentre numerose fiaccole contrastavano il buio insieme ai bracieri che, posti ai lati dei troni, bruciavano spargendo lingue di fuoco nell'aria.

Lynn inspirò a fondo l'aria serale che le carezzava i lembi di pelle che il vestito di pelo lasciava scoperti.

La luna, intanto, si mostrava oltre le nubi in tutto il suo splendore: come una madre che assiste alla cerimonia delle figlie sembrava volesse accompagnarle durante quel rito di passaggio.

In fila dietro le altre novizie, la giovane scansava con abilità rami e felci mentre seguiva la Maestra che, con una fiaccola in mano, mostrava loro la via attraverso il bosco. L'incenso stretto tra le sue dita emanava un aroma pungente che le feriva gli occhi, lasciandola stordita.

Quando arrivarono nella radura, l'imponente scalinata di pietra sopra la quale la regina e la principessa le aspettavano riluceva. Attorno a loro, in cerchio con le spade alzate, le altre amazzoni, immobili, sembravano simili a maestose statue di antiche guerriere.

Lynn a quella vista sentì il cuore palpitare d'emozione: il sangue le ribolliva nelle vene al pensiero di divenire una di loro.

Mentre la sacerdotessa porgeva la spada sacra alla principessa, a turno la giovane chiamava le novizie per far pronunciare loro il giuramento che le avrebbe fatte entrare a far parte del popolo.

«Lynn.»

Quando chiamò il suo nome, Lynn si mosse, le gambe dotate di volontà propria. Attorno a lei si era fatto silenzio: nella radura baciata dalla luna solo i suoi passi risuonavano leggeri ma decisi.

Tutti i suoni della foresta si erano fatti ovattati; percepiva solo il battito violento nel suo petto.

Quasi non si accorse di essere arrivata in fondo ai gradini; lo capì solo quando la sacerdotessa non le ordinò con un cenno d'inginocchiarsi.

Lynn lo fece, percependo la lama sacra pungerle con insistenza la pelle della spalla sinistra.

«Novizia.» La voce della principessa Otiria risuonò limpida nell'aria. Saggia come la madre, una volta cresciuta, sarebbe diventata un'ottima regina per le amazzoni. «Cosa chiedi a questa Assemblea?»

«Di entrare a farne parte.» disse Lynn con voce soffocata.

«Dunque vuoi diventare un'amazzone...»

Gli occhi mielati della Principessa scrutarono severi nei suoi, in cerca di qualsiasi traccia di esitazione.

Ma Lynn non ne aveva. Aspettava quel momento da tutta la vita: aveva versato sangue e lacrime e le cicatrici che portava sparse per il corpo lo testimoniavano.

«Sì, lo desidero con tutta me stessa!» gridò quasi.

«E sei pronta ad accettare tutto ciò che questo comporta?»

La sfidò con lo sguardo. «Lo sono.»

«Tu Ivres, che hai seguito questa novizia nel suo addestramento, pensi che sia in grado di essere una buona amazzone?»

Lynn incatenò lo sguardo a quello della Madrina che si era fatta spazio tra le sorelle e la osservava severa. La sua risposta poteva cambiare il suo destino.

Dopo quelli che a Lynn sembrarono istanti infiniti, Ivres rispose.

«Lo è.»

«Bene. Si dia inizio alla Prova.» comandò allora Otiria, tornando a sedersi sul trono.

Lynn sorrise alla sua mentore mentre le amazzoni si stringevano attorno a lei in attesa dello scontro.

L'aria sembrò farsi più soffocante, poi la maestra protetta dalla corazza e armata di spada si portò davanti a lei.

Lynn chiuse gli occhi e inspirò a fondo per raggiungere la concentrazione: il sangue rallentò la sua corsa, il respiro si fece più leggero. Pochi istanti dopo li riaprì, pronta ad affrontare lo scontro.

Era giunto il momento.

Sguainò la spada e senza aspettare che fosse l'avversaria a fare la prima mossa si lanciò in avanti caricando un fendente ma fu costretta a scartare di lato per evitare il taglio che la maestra aveva diretto agilmente verso la sua testa.

Il colpo andò a vuoto e Lynn avvertì lo spostamento d'aria: fece per girarsi su sé stessa per riacquistare l'equilibrio quando avvertì un pizzicore lungo il braccio che impugnava l'arma. Mentre l'odore del sangue le colpiva le narici un taglio si aprì sulla sua pelle.

Per un istante Lynn non capì come fosse successo ma fu costretta a riscuotersi dallo stato di torpore: la maestra si era avvicinata e prima che potesse realizzarlo, l'elsa della sua spada la colpì violentemente sulla schiena, mozzandole il fiato.

Crollò in ginocchio, boccheggiando per il dolore ma questi non era che un eco lontano: tutto ciò che importava in quel momento era la vittoria: doveva disarmare l'avversaria a qualsiasi costo.

Mentre cercava di evitare i colpi mortali che la maestra delle novizie continuava ad infliggerle, Lynn tornò a lanciarsi in avanti.

Cadde più e più volte e le pietre le si conficcarono nelle gambe e nelle ginocchia ma la sua mente non cedette all'agonia: non si sarebbe fermata.

Doveva rischiare.

Stesa con la schiena sull'erba aspettò che fosse l'avversaria ad avvicinarsi; poi quando questa diresse di nuovo la spada contro di lei, lasciò andare la sua e bloccò l'arma con entrambe le mani.

Gli occhi della maestra si dilatarono per lo stupore mentre il colpo perdeva la sua forza: i palmi feriti, Lynn aspettò fino all'ultimo prima di scansarsi.

La lama, diretta alla gola le penetrò invece nella spalla destra.

Mentre la maestra con un grido di rabbia cercava di ritrarre l'arma Lynn, approfittando della sua distrazione, la colpì con un calcio allo stomaco. La lama affondò maggiormente facendo però perdere la presa all'esperta guerriera e la novizia fu lesta ad agire. Afferrò l'elsa e dopo aver estratto la lama insanguinata dalla sua spalla, si alzò. Con un agile scatto si portò davanti all'avversaria che, piegata in due per il dolore del colpo, cercava di rialzarsi e senza esitare le puntò la lama alla gola.

Al silenzio seguirono grida. Lynn, con il respiro affannato per la lotta, si guardo intorno, conscia per la prima volta di ciò che accadeva intorno a lei. Le altre amazzoni, con le armi sguainate, gioivano del suo successo. Ivres, davanti a tutte, la osservava con un'emozione di fierezza nello sguardo.

Aveva combattuto anche per quello - si disse.

Poi riportò lo sguardo sulla maestra che, sconfitta, si alzava lasciando il cerchio per far spazio alla regina. Quanto Pentesilea parlò il silenzio era di nuovo sovrano.

«Bene Lynn hai superato la prova che ti è stata sottoposta. Ora non ti resta che pronunciare il giuramento. Ricorda che le parole che dirai dovrai rispettarle tutta la vita.»

Presa la spada sacra che la sacerdotessa teneva avvolta nella pelle di cervo e la puntò verso la giovane novizia che, barcollante, si era avvicinata.

Lynn, seguendo il rituale, prese la lama tra le mani ferite e la strinse: un breve scatto e la spada tornò su, lasciando sgorgare altro sangue che però, stavolta, odorava di vittoria.

La giovane si inginocchiò con il capo chino. Subito dopo sentì la punta della spada posarsi sulla sua spalla sinistra.

Era il momento. Alzò la mano destra e pronunciò il giuramento.

«Io, Lynn, chiamo la dea Artemide e tutte voi mie sorelle a essere testimoni di questa notte. Al vostro cospetto e a quello della regina, giuro solennemente che sarò per sempre un'amazzone e saprò rispettare le nostre leggi, custodire i nostri segreti, onorare e proteggere la regina e difendere i nostri valori a costo della mia stessa vita.»

Abbassò il pugno e la regina spostò la spada sacra per poi posarla sull'altra spalla.

«Io, Pentesilea, regina delle amazzoni, ti nomino membro della nostra tribù. Da adesso in poi sarai un'amazzone a tutti gli effetti e in ricordo del tuo giuramento ti marchio con il simbolo delle amazzoni.»

La principessa si avvicinò poggiando un ferro rovente sul suo polso sinistro e sulla spalla e Lynn avvertì il fuoco bruciarle la pelle. Un tatuaggio a forma di cavallo, con un'ascia tra gli zoccoli, apparve, indelebile segno di ciò che era diventata.

«Che cammino vuoi intraprendere all'interno della tribù?» domandò infine la regina.

Lynn non ebbe bisogno di pensarci.

«Voglio diventare una guerriera come furono le nostre valorose regine.»

«Bene io approvo! Dunque amazzone va' per la tua strada e eguaglia la potenza delle nostre predecessori.»

Poi le prese la mano tra le sue e le amazzoni la salutarono solenni, le mani alzate.

La festa ebbe inizio e Lynn si allontanò dal trono, cercando Ivres tra la folla. Quando la vide questa le si avvicinò e, per la prima volta, si strinsero le braccia come due sorelle.

2

Seduto sulla riva dell'imponente fiume, Dragan osservava le *tintales*, le imbarcazioni delle amazzoni, che scivolavano leggere sull'acqua.

Lasciavano scie che la corrente cancellava in pochi istanti ma che subito altre imbarcazioni ricreavano.

Il fiume Termodonte, quel giorno, era costeggiato da pali di legno che delimitavano il tratto dove, a breve, i giochi Targarei avrebbero avuto inizio.

Dragan aspettava quel momento pervaso da un senso di rifiuto nei confronti di quel popolo guerriero. Sentiva ancora gli sguardi rancorosi dei nobili delle tribù locali sulla sua pelle: accampati oltre le mura, con la speranza di poter essere ricevuti dalla regina Pentesilea, gli avevano gettato addosso il loro odio e la loro invidia.

Il guerriero li compativa per questo: sembravano lupi che mostravano la gola all'avversario.

Scosse la testa per il disgusto di essere dove si trovava ma subito i suoi sensi acuiti lo avvisarono del rumore prodotto da qualcuno che si stava avvicinando. I passi erano pesanti e claudicanti e Dragan si rilassò.

Si trattava per certo di uno storpio o di un anziano. E nessuno di questi avrebbe potuto tendergli un agguato.

Così continuò a contemplare l'acqua che, con la sua quiete, riusciva a trasmettergli un senso di pace che non provava da anni mentre, con un tonfo e un fruscio di vesti, lo sconosciuto si sedeva.

Dragan non si voltò.: doveva trattarsi di uno spettatore ma lui non aveva la volontà di scambiare parola con nessuno a meno che non fosse stato necessario.

Così rimase ad osservare le rematrici immergere con forza i remi nell'acqua mentre le *targarie*, le nuove amazzoni, in punta di barca, armate di scudo e di ascia, si preparavano al combattimento. La regina, seduta sulle gradinate di pietra, presenziava ai preparativi pronta a far cadere il velo che teneva in mano per dare il via alle competizioni.

«Letali non è vero?»

La voce del vecchio Eumolpo, il tebano, lo riscosse.

Non appena si girò Dragan notò i suoi occhi ciechi e il bastone appoggiato poco distante. Si diceva fosse figlio degli Dei, dotato di incomparabile bellezza in gioventù: soccorso dalle amazzoni di cui era stato compagno dopo un brutto incidente a cavallo, gli era concesso l'accesso ai giochi Targarei da prima che Dragan ne avesse memoria.

Era solitamente accompagnato da un giovane fanciullo, frutto degli incontri amorosi con quel popolo guerriero, ma in quel momento era solo.

Dragan provò subito ostilità per quell'anziano così legato alle amazzoni, ostilità che era accentuata dall'apprezzamento per le donne guerriere che traspariva dalle sue parole.

«Già.» rispose secco, intenzionato a concludere in fretta la conversazione.

Eumolpo però non glielo permise.

«Non sembri felice di essere qui. Eppure per molti è un onore.» lo incalzò difatti, acuto.

Dragan fu pervaso dal fastidio provocatogli dalla verità che lo storpio era riuscito a cogliere. Non voleva stare lì.

«È così.» rispose secco dandogli di nuovo le spalle.

«Allora perché sei qui?»

Dragan non rispose. Non avrebbe potuto. Quel vecchio così legato alle guerriere non avrebbe compreso le sue motivazioni, tantomeno il motivo del suo rancore.

«Perché devo.» scandì lapidario, mentre le prime barche si andavano incontro, letali.

«Devi....» ripete Eumolpo con un sussurro simile a un sospiro.

I suoi occhi ciechi, si accorse Dragan, ora erano fissi su di lui ma stavano rivedendo memorie passate.

«Anch'io la pensavo come te un tempo.» svelò infine.

«Ero un ragazzo bellissimo, che non si piegava davanti a niente e a nessuno. Avevo gli Dei dalla mia parte e le donne non erano che un passatempo. Così trascinavo la mia vita, da un banchetto all'altro, da un letto all'altro: usavo le cose come usavo le persone. Fino a quel giorno.»

«Cavalcavo nei boschi vicini a Temiscira. Avevo sentito parlare del popolo di donne guerriere che risiedeva nella zona. Ero adirato: erano donne che rifiutavano qualsiasi uomo, lo ritenevano non necessario, lo usavano persino. Volevo scovarle. Una volta che avessero visto la mia bellezza sarebbero capitolate ai miei piedi e l'orgoglio maschile sarebbe stato salvo. Ero certo di riuscire.»
Una risata amara gli sfuggì dalle labbra.
«Quando fui davanti a loro, però, tutti i miei tentativi di seduzione fallirono.»
«Non sei abbastanza uomo.» mi sputarono addosso.
«E voi non siete donne!»
In preda alla furia le insultai e me ne andai. Ma durante il viaggio di ritorno, nei pressi della foresta, il mio cavallo si imbizzarrì facendomi cadere: battei la testa e persi la vista.
Spaventato, al buio, andavo alla cieca: immerso nel fango trascinavo la gamba spezzata. Si era fatta sera e ormai preda della disperazione stavo per arrendermi alla morte quando delle braccia mi sollevarono portandomi al sicuro.
Erano loro.
Io le avevo disprezzate, trattate come premi da riscuotere e loro mi avevano aiutato ugualmente: in quel momento capì.
«Sono diverse da come sembrano, il loro animo lo e`.» concluse il vecchio.
Si rialzò a fatica. Il fanciullo che lo accompagnava era riapparso quasi per magia, pronto a sostenerlo nel suo cammino.
Dragan li osservò fino a quando non scomparvero alla sua vista. Solo allora si volse verso il fiume e il familiare rumore del metallo gli riempì le orecchie.
Le amazzoni incrociavano le asce tra loro, decise a sconfiggersi a vicenda. Producevano colpi crudeli destinati a ferire e a sconfiggere.
Dragan non vedeva donne ma solo spietate e crudeli guerriere che ferivano le proprie compagne senza scrupoli.
«No, non avrebbe mai cambiato idea; una cosa del genere non sarebbe mai potuta accadere.» pensò, mentre l'amazzone sconfitta cadeva sprofondando nel buio delle acque.

Lynn, ritta in piedi sulla punta della barca, l'ascia in una mano, lo scudo ben stretto nell'altra, guardava l'avversaria avvicinarsi. Dietro di lei i remi affondavano nell'acqua producendo uno sciabordio che veniva sovrastato dalle incitazioni delle compagne sedute sulle scalinate mentre a bordo, la capo ciurma sollecitava le guerriere a remare più veloci: più rapide fossero state, più possibilità avevano che il colpo fosse potente.

Fletté il braccio pronta a caricare; la punta dell'ascia scintillò sotto i raggi del sole accecando l'avversaria. erano talmente vicine che Lynn poteva sentire il suo fiato sulla pelle.

Esitò, incerta se colpire. Non voleva approfittare di quel momento di debolezza: l'onore in battaglia era la prima cosa che le avevano insegnato durante l'addestramento. Così aspettò che l'altra la potesse vedere.

Quando accadde, caricò senza esitare. Le asce si incrociarono per abbattersi sui rispettivi scudi e il clangore fu assordante. Il braccio di Lynn vibrò per effetto del contraccolpo mentre ben salda sui piedi la giovane cercava di contrastare la potenza del colpo. Incerta sul fatto di resistere ancora a lungo a quello scontro di forza inclinò lentamente lo scudo per non svelare la sua mossa all'avversaria. Le imbarcazioni, intanto, si spingevano l'una contro l'altra per dare loro tutta la potenza possibile.

Come durante la battaglia per l'Iniziazione, Lynn lasciò fuori le grida e ciò che la circondava: c'erano solo lei e ciò che il suo corpo cercavano di fare.

Aggiunse ulteriore forza al colpo fingendosi intenta a misurarsi in uno scontro di volontà e quando l'avversaria, in preda alla frenesia della lotta, fece lo stesso spostò di scatto lo scudo.

Lynn vacillò e l'acqua si avvicinò minacciosa ma fu lesta a riprendere l'equilibrio. L'avversaria, invece, completamente sbilanciata agitò le braccia per evitare la caduta, invano: con un tonfo scivolò cadendo nel fiume.

Schizzi d'acqua le bagnarono il viso e Lynn esultò: aveva guadagnato la vittoria. Poi allungò la mano verso la compagna caduta per aiutarla ad uscire dall'acqua. Questa si avvicinò e strinse le dita attorno alle sue ma invece di farsi aiutare cercò di trascinare Lynn nel fiume: essere sconfitta da una giovane appena diventata amazzone l'aveva ferita nell'orgoglio.

Lynn tentò di staccare la mano dalla sua, invano. Infine, al colmo del dispiacere, la colpì con il gomito facendole mollare la presa e ricadere nella corrente.

L'imbarcazione approdò sulla riva più vicina e Lynn si apprestò a scendere, l'ascia puntata verso l'alto in segno di trionfo.

Quando il suo piede incontro la solidità della sponda però, sentì uno sguardo su di sé: era talmente insistente da farle formicolare la pelle della schiena.

Si girò subito verso le tribune convinta che appartenesse a Ivres ma dovette ricredersi quando i suoi occhi chiari incrociarono quelli scuri di un ragazzo in piedi a poca distanza da lei.


Dragan balzò in piedi. Di malavoglia si era messo ad osservare l'ennesimo scontro tra le donne guerriere, deciso ad approfittare di quell'occasione per studiare il loro modo di combattere e gli eventuali punti deboli. Una giovane ragazza, una novizia appena diventata amazzone, si stava scontrando con una guerriera più matura.

I colpi sugli scudi si susseguivano con violenza tra le acclamazioni delle amazzoni sulle barche e sulle tribune. Dragan a quel punto aveva emesso una smorfia, sicuro di chi avrebbe trionfato: l'amazzone più anziana era ben formata e la vittoria in uno scontro di forza sarebbe stata sua.

Quando notò un'inclinazione nello scudo della più giovane però la sua certezza vacillò. Con noncuranza l'amazzone novizia lo stava spostando per far perdere l'equilibrio all'avversaria.

Anche da quella distanza Dragan poteva vedere la concentrazione riflettersi nell'azzurro dei suoi occhi. Non riusciva a scorgere bene la sua espressione: gocce di sudore le bagnavano le guance mentre corti capelli castani cadevano oscurandole il viso. Il vestito di cuoio le copriva la pelle scurita dal sole ma Dragan poteva vedere le forme longilinee del suo corpo.

La giovane spostò lo sguardo sulla sponda.

Fu un istante ma Dragan percepì la natura selvaggia del suo animo.

Lo incuriosiva...

Non appena si accorse di aver formulato un'idea simile scosse il capo, ammonendosi: nulla in un'amazzone avrebbe potuto interessarlo.

Stava ancora cercando di fuggire da quel pensiero quando gridi di esultanza riempirono l'aria. L'amazzone più matura aveva perso il combattimento e il Termodonte l'aveva accolta tra i suoi flutti.

Dragan sorrise: l'astuzia aveva avuto la meglio sulla forza bruta. Si stupì che anche le amazzoni ne fossero provviste.

Subito però l'apprezzamento nei loro confronti fu sostituito dalla gelida furia. La giovane novizia con una gomitata aveva colpito la sconfitta facendola affondare nuovamente.

Dragan sentì la rabbia montargli dentro: non vedeva un popolo di compagne unite le une alle altre ma solo donne che si ferivano e disprezzavano.

Fissò amareggiato la giovane giungere a riva; il briciolo di interesse nei suoi confronti era svanito. Così continuò a fissarla disgustato fino a quando lei si girò, facendo incontrare i loro sguardi.


Gli occhi scuri del ragazzo, che a Lynn ricordavano il colore della terra delle colline, la guardavano con uno sdegno tale che la fece vacillare e, inspiegabilmente, si sentì dispiaciuta. Cosa aveva fatto per meritarsi un disprezzo simile?

Uno sconforto a cui non sapeva dare un nome l'assalì, cancellando la gioia per la vittoria riportata. I giochi Targarei si erano conclusi e le compagne si apprestavano a festeggiare ma Lynn non ne aveva più la volontà. Quasi non sentiva le pacche amichevoli che riceveva delle altre amazzoni tanto era forte il desiderio di capire il motivo di quella aperta ostilità.

Non sopportava che qualcuno provasse sentimenti negativi nei suoi confronti senza una spiegazione.

A quella realizzazione scosse il capo, amareggiata con sé stessa. Era un'amazzone adesso: la sensibilità era una cosa che non sarebbe più dovuta esistere dentro di lei. E invece…

Il ragazzo, intanto, non sembrava intenzionato ad abbassare lo sguardo.

Lynn lo studiò con attenzione. La forma asciutta del suo corpo e la spada che gli pendeva al fianco le suggerivano che si trattasse di un guerriero. Doveva essere un gargarense.

Solo gli appartenenti a quel popolo, per via dell'accordo, potevano accedere ai giochi sacri.

Aveva visto pochi uomini nella sua vita, storpi per lo più che risiedevano stabilmente a Temiscira come servi o compagni di letto ma questo le sembrava ben fatto.

Non distava molti passi da lei e Lynn seppe che non avrebbe avuto pace fino a quando non avesse saputo cosa lo spingeva a disprezzarla. Così si mosse per andargli incontro.

Mentre riduceva la distanza che li separava i loro sguardi restarono incatenati e Lynn odiò il gargarense come non aveva mai odiato nessuno.

I sentimenti negativi che lui le gettava addosso risvegliavano la parte più sensibile del suo spirito che duramente aveva cercato di tenere a bada durante gli addestramenti e che credeva di aver eliminato. Era la stessa parte che in quel momento la spingeva ad abbassare lo sguardo. Lynn però s'impose di non farlo: non avrebbe mostrato questa sua debolezza a nessuno, tantomeno a uno sconosciuto.

Quando infine arrivò davanti a lui, parlò con il tono più duro e canzonatorio che le riuscì.


Dragan vide l'amazzone avanzare con passi che mal celavano la furia che la scuoteva ma non abbassò lo sguardo; anzi cercò di imprimergli tutta l'ostilità e il disgusto che provava mentre, con la mano, accarezzava l'elsa della spada in segno di ammonimento.

La giovane, incurante di quel gesto, continuò ad avanzare ma per un attimo, il suo sguardo vacillò.

Dragan rimase spiazzato dal dispiacere che lesse nei suoi occhi. Non fece in tempo a scorgerlo però perché nel giro di una manciata di istanti le iridi azzurre avevano ripreso la loro espressione aguerrita.

«Che cos'hai da guardare?»

La voce della giovane era priva di qualsiasi esitazione. Dragan poteva cogliere l'arroganza che la scuoteva.

Quel tono non ebbe altro effetto che accentuare la sensazione di disprezzo che lo divorava.

Una parte della sua mente lo ammonì: era lì per rinsaldare l'accordo non per creare tensioni ma il gesto scorretto dell'amazzone aveva tirato fuori tutta la rabbia che covava nascosta da tempo: era come un fiume in piena che non riusciva ad arrestare la sua corsa.

«Sarebbe troppo chiedere a un'amazzone di capire il perché.» ribatté, sarcastico.

Lynn sentì la rabbia cancellare ogni traccia di incertezza e dispiacere. Come osava rivolgersi a lei in quel modo?

Le mani le tremavano mentre realizzava una verità che aveva il potere di ferirla: gli uomini erano davvero come le sue compagne più mature le avevano descritto: si approfittavano delle donne, le usavano a loro piacimento e non avevano morale.

Così sguainò il pugnale, decisa a non permettere che uno di loro infangasse il suo onore: le amazzoni intorno a lei, intanto, lanciavano in direzione del gargarense occhiate sdegnate.

Dragan per nulla sorpreso della mossa della giovane sfoderò a sua volta la spada che portava alla cintura, pronto a battersi. Il sangue gli cantava nelle vene al pensiero della lotta: l'avrebbe sconfitta, ristabilendo la supremazia maschile che loro avevano da sempre cercato di svilire.

Caricò il fendente e stava per incrociare la lama con quella dell'avversaria, quando una voce perentoria risuonò nell'aria.

«Fermi!»

Dragan fermò il colpo e si girò nella direzione da cui proveniva: la regina Pentesilea avanzava verso di loro in tutta la sua austerità.

«Riponete le armi.» ordinò fulminandoli con uno sguardo di ghiaccio.

Lynn eseguì senza discutere, inchinandosi alla sua regina.

«Perdonatemi.» mormorò subito in segno di scusa e di sottomissione mentre il suo sguardo tornava a posarsi sul Gargarense.

Sembrava una statua di marmo da tanto era immobile: i muscoli rigidi, le dita premute sull'elsa, assomigliava ad un animale ferito, pronto a scattare.

Lynn a quella vista sentì un brivido di timore percorrerle la schiena ma si schernì subito; una guerriera non si faceva intimorire da nessun avversario, specialmente maschio.

Dragan intanto strinse i denti: la regina lo stava ancora osservando in attesa della sua resa.

Il suo pensiero per un istante andò alla madre che non aveva mai conosciuto: magari si trovava lì e lo stava osservando…

Era combattuto: una parte di lui avrebbe voluto scagliarsi contro chiunque gli si parasse davanti. Dall'altro il viso teso di Virtius gli apparve nella mente.

E dopo quelli che sembrarono attimi infiniti, la sua lotta interiore si placò e il buonsenso ebbe la meglio.

Fece un respiro profondo per calmarsi e ripose la spada nel fodero.
Aveva perso il controllo: la pace era già abbastanza fragile e non poteva permettersi ulteriori colpi di testa; così comunicò la sua resa accennando un movimento del capo.
La regina, ignorando i commenti contrariati delle altre amazzoni, annuì accettando quel gesto di scuse.
Dragan a quel punto fece per andarsene ma la voce di Pentesilea fermò ancora una volta il suo intento.
«Mi aspetto di vederti alle Unioni.»
Era un ordine; lo capì subito e la rabbia rischiò di avvelenargli ancora una volta la mente ma il suo popolo, ne era fin troppo conscio, non poteva permettersi una guerra. Così, con gli occhi fissi in quelli della regina annuì. Poi dopo aver gettato un ultimo sguardo alla giovane amazzone che ancora lo osservava si allontanò, montando in groppa al suo cavallo per lasciarsi alle spalle Temiscira e le sue guerriere.

«Perché?»
La domanda di Vitius ruppe il silenzio. Il capoclan stringeva con forza le dita sullo scranno mentre la rabbia gli trasfigurava il volto.
Dragan rimase in silenzio, cercando di reprimere la furia che a sua volta lo animava.
«Ho perso il controllo.»
«Hai perso…» Virtius esalò un respiro strozzato. «Ho mandato te invece di Agnus proprio per evitarlo.» concluse amaro.
«Perché?» gli domandò di nuovo, più calmo.
Dragan sbuffò, conscio che a parlare ora era il padre e non il capoclan.
Gli rivolse uno sguardo duro, rifiutandosi di mostrare qualsiasi sentimento stesse provando. Virtius non era stato paterno con lui: freddo e distante lo aveva sempre trattato come un bastardo.
«Non importa il motivo. Andrò alle Unioni» ribatté secco.
Poi, senza dargli il tempo di replicare, si voltò e cominciò ad allontanarsi.
«Dragan.»
Fu solo il tono addolorato del capoclan a impedirgli di proseguire.
Dragan chiuse gli occhi e rimase di spalle, in attesa delle sue parole.
«Mi dispiace.»
Se per la loro discussione o per i problemi con le amazzoni, non seppe dirlo.

«Vi affido Fergus.» concluse allora il guerriero in tono piatto. Poi riprese ad avanzare. Scostò il lembo della tenda del capoclan ed uscì mentre il piccolo gli correva incontro.


Dragan era quasi arrivato al limitare del villaggio quando udì una risata.

Agnus era seduto su un muretto di pietra a poca distanza da lui, insieme a una manciata di giovani gargarensi.

I loro sguardi eccitati gli fecero capire che stavano parlando degli incontri amorosi che si sarebbero tenuti quella notte.

Dragan rivolse loro un cenno del capo, senza accennare a fermarsi. Aveva i nervi a fior di pelle e voleva tornare nella solitudine della sua capanna prima di recarsi nei boschi vicini alla città di Temiscira.

Il fratellastro tuttavia glielo impedì.

«Sarai dei nostri finalmente.» esclamò, strizzandogli l'occhio.

Dragan si costrinse a rispondere. Prima avrebbe saziato la sua curiosità prima se ne sarebbe potuto andare.

«È così.» esalò controvoglia.

Tutto in Agnus lo irritava. I suoi modi, gli sguardi lascivi che mostrava parlando delle amazzoni. Nonostante avesse pochi anni meno di lui non avevano mai avuto un legame e Dragan non sarebbe mai riuscito a vederlo come un degno capoclan.

Cercò quindi di evitare lo scontro e fece per incamminarsi ma nuovamente la voce del fratellastro lo fermò.

«Avanti Dragan, sei sempre così serio. Divertiti un po'» lo rimproverò Agnus. «Stasera avrai un'amazzone tutta per te.»

A quelle parole Dragan si irrigidì mentre il familiare disprezzo lo scuoteva.

«Già.» esclamò amaro.

Non aveva alcuna voglia di giacere con una di loro ma se non fosse andato, la sua assenza alle Unioni sarebbe stata notata e dopo quello che era successo ai giochi, il suo gesto avrebbe decretato la fine della pace per il suo clan.

Strinse le dita a pugno fino a farsi sbiancare le nocche. La luce rosata del tramonto si stava avvicinando; restava poco tempo prima del calar del sole.

«Devo andare.» ribadì allora guardandolo negli occhi.

Agnus si profuse nell'ennesimo sorriso lascivo. Conosceva la sua avversione per le amazzoni e non perdeva occasione per provocarlo.

«Buona fortuna allora. Magari te la caverai con un fratellino per Fergus.»

Il pugno di Dragan lo colpì in pieno viso mentre finiva di parlare.

Agnus perse l'equilibrio e cadde rumorosamente a terra.

Il guerriero gli gettò un ultimo sguardo disgustato, sfidando silenziosamente gli altri ragazzi, che lo osservavano ammutoliti, ad aggiungere altro.

Questi non lo fecero e lui si allontanò con gli insulti di Agnus che gli rimbombavano nelle orecchie.


La freccia volò, andando a conficcarsi nel vecchio ceppo ai piedi della collina. Lynn la osservò vibrare, prima di abbassare l'arco. Poi con passo lento, si diresse giù per il pendio con l'intento di recuperarla.

Dopo i giochi, si era rifugiata nella foresta in cerca di quiete. Sentiva il tempo scorrerle sulla pelle; ogni respiro la avvicinava sempre di più al momento che temeva e agognava.

Quella notte avrebbe partecipato per la prima volta alle Unioni.

Un sospirò le sfuggi dalle labbra. L'idea di giacere con un uomo la innervosiva. Soprattutto dopo aver visto come si era comportato l'emissario del popolo gargarense. Il suo atteggiamento ostile e privo di riguardo l'avevano spinta a non desiderare alcun contatto con loro.

Tuttavia, una parte di lei agognava quel momento; insieme al Rito, le Unioni erano l'ultimo passaggio per diventare un'amazzone adulta.

Dopo quella notte sarebbe stata finalmente degna di servire la sua regina e avrebbe adempiuto al suo dovere di creare una discendenza.

Era il suo desiderio da quando ne avesse memoria e non si sarebbe tirata indietro, anche se questo avrebbe significato dover trascorrere del tempo con uomini privi di valore.

Le amazzoni più mature erano restie a parlare di come avvenissero gli incontri; Ivres stessa era sempre molto taciturna ma Lynn aveva percepito l'estremo fastidio che provavano.

Non poteva biasimarle, tuttavia era un sacrificio che era necessario compiere.

Si inginocchiò nell'erba per estrarre la freccia mentre il bosco si faceva sempre più silenzioso. Il tempo a sua disposizione era finito. Doveva tornare a Temiscira per prepararsi.

Sistemò l'arco su una spalla e mentre aggiustava la faretra che portava al fianco, si augurò che l'alba del nuovo giorno sorgesse in fretta.

3

Nascosta nel buio della notte, Lynn attese, il respiro leggero come il fruscio delle foglie.

La foresta era avvolta nel silenzio: il tramonto era calato da un pezzo, lasciandola in balia del vento della sera.

Brividi di freddo le percorrevano la schiena mentre, le sue dita, stringevano con forza la veste bianca che indossava.

Le altre amazzoni si erano posizionate in diversi punti del bosco in attesa dei loro amanti e Lynn sapeva che i gargarensi non avrebbero tardato ad arrivare.

Aspettava di udire i passi che indicassero che uno di loro si stava avvicinando; tuttavia, non li avvertì e il silenzio continuò ad avvolgerla.

Si chiese come il giovane avrebbe fatto a trovarla: nessuna torcia era stata accesa per indicargli la strada.

Gli incontri, secondo le leggi, si svolgevano in silenzio e nel completo anonimato.

La luna era nella sua fase calante e la sua luce fioca avrebbe permesso alle tenebre di nascondere i volti e i corpi.

Questo la rendeva più sicura.

Per l'ennesima volta cercò con lo sguardo ciò che le sue orecchie non percepivano fino a quando, un lieve fruscio, proveniente dalle sue spalle, attirò la sua attenzione.

Dita sconosciute le strinsero il polso e Lynn provò a spostarsi, invano.

Il suo istinto le suggeriva di ritrarre il braccio per liberarsi, tuttavia, si costrinse a non farlo: doveva essere il gargarense.

Rimase immobile: con il respiro corto e il cuore che batteva all'impazzata attese di capire cosa lui avrebbe fatto.

Con un ultimo passo, il guerriero coprì la breve distanza che ancora separava i loro corpi poi le sue dita callose le percorsero il braccio in una lenta carezza.

A quel tocco i brividi la scossero e un'inattesa sensazione di calore sostituì il freddo.

Sentiva il fiato dello sconosciuto sulla pelle mentre la sua schiena urtava contro un petto solido e due braccia muscolose la stringevano.

L'abbraccio ricordò a Lynn il tepore dei raggi del sole e si stupì di quanto potesse essere piacevole. Non ne aveva mai ricevuto uno e solo in quel momento si rese conto di quanto un gesto così semplice le fosse sempre mancato.

L'impulso che la spingeva a scostarsi si affievolì, tuttavia rimase guardinga. Si sentiva avvolgere dalla forza trattenuta del guerriero e l'idea di dover sottostare al suo volere non le piaceva.

Il gargarense sembrò percepire la sua ritrosia perché non appena si irrigidì allentò subito la stretta. Le sue braccia e il suo corpo si allontanarono e Lynn percepì un'insolita sensazione di vuoto farsi spazio nella sua mente.

Mentre il vento tornava a raffreddarle la pelle, lo sentì respirare con stizza.

Restò stupita della gentilezza del suo gesto; sembrava aver compreso il suo stato d'animo. Mai avrebbe pensato che un uomo fosse capace di un'azione simile.

Si girò cercando di scorgere il suo volto ma il buio occultava i lineamenti.

Credeva che l'accoppiamento si svolgesse in modo rapido e brutale, come aveva sempre visto fare agli animali; tuttavia, da come si stava comportando il guerriero, sembrava che per gli uomini fosse diverso.

La confusione la invase mentre si scoprì ad aspettare con trepidazione ciò che sarebbe accaduto.

Avvertì che il respiro del gargarense si era fatto più rapido: sembrava combattuto.

Se voleva concludere in fretta l'Unione per tornare a Temiscira, doveva avvicinarsi.

Era una guerriera e con gli occhi ben aperti e la testa alta si fece avanti con coraggio. Non avrebbe permesso al timore di ciò che non conosceva di turbarla, né tantomeno avrebbe mostrato al gargarense la sua incertezza.

Mosse un passo, poi un altro. Il volto del guerriero si faceva sempre più vicino. Intuì che era più alto di lei, tuttavia, la sua bocca arrivava all'altezza del suo mento.

Quando gli fu davanti, Lynn si fermò e dopo essersi alzata sulla punta dei piedi gli sfiorò le labbra con le sue.

Erano morbide e non appena le loro bocche si incontrarono, avvertì di nuovo il calore percorrerle le membra.

Il piacere che le provocò quel contatto la indusse a schiuderle. La sua lingua premeva per cercare quella del guerriero in preda a uno strano impulso che non conosceva, tuttavia il gargarense glielo impedì.

Le bloccò le braccia e con una spinta decisa la allontanò da sé.

Lynn lo guardò confusa: lo vide trattenere il fiato con le mani strette a pugno lungo i fianchi, infine indietreggiare e capì.

Lui non voleva stare li.

Senza pensare gli afferrò le dita: vibravano per la tensione e la rabbia che tratteneva.

E per la prima volta Lynn non seppe cosa fare. Era suo dovere concludere l'Unione, tuttavia, il guerriero che aveva davanti non sembrava disposto a farlo.

Se avesse lasciato il bosco ancora intatta, una volta tornata dalle compagne, non avrebbe potuto mentire su ciò che era accaduto e il disonore del suo fallimento le avrebbe fatto perdere per sempre la possibilità di essere un'amazzone: sarebbe stata condannata a vagare come un'esiliata nella pianura fino a quando le forze non le fossero venute meno.

Si rifiutava di obbligarlo ma se il gargarense non si decideva a voler concludere l'Unione, non avrebbe avuto alcuna possibilità di sottrarsi a quel destino nefasto.

Lynn lasciò la presa e abbassò il capo, inspirando l'odore della sera e della terra mentre stringeva le dita con tale forza da ferirsi la pelle con le unghie.

Tuttavia, non si lasciò sopraffare: si rifiutava di affrontare quella sconfitta a testa bassa. Avrebbe affrontato le compagne con coraggio e magari le sarebbe stata concessa clemenza.

Il suo sguardo si posò per l'ultima volta sul guerriero. La osservava in silenzio, immobile come una pietra.

Le labbra di Lynn si schiusero in un sorriso amaro; non si sarebbe mai aspettata un epilogo come quello. Tuttavia, non indugiò oltre. Il suo piede si spostò, gli diede le spalle e cominciò ad allontanarsi.

Si era ormai rassegnata quando il gargarense agì: si mosse così velocemente che quasi non lo percepì. Con un balzo si era spostato davanti a lei, impedendole il passo.

Le afferrò le braccia, facendola avvicinare, poi la baciò.

Le labbra del guerriero premevano con forza sulle sue mentre la sua lingua spingeva per entrare. Quando ci riuscì, Lynn percepì la sua impazienza.

Le loro lingue si intrecciarono in una lotta silenziosa mentre i loro gemiti si perdevano nella quiete della notte. Non c'era nulla di tenero in quel gesto. Il gargarense sembrava voler riversare nel bacio tutta la rabbia che lo scuoteva.

L'amazzone gli strinse con forza le spalle, cercando di contrastare l'impetuosità di quell'assalto mentre ricambiava con uguale intensità: si rifiutava di soccombere alla sua volontà; nonostante l'inesperienza non avrebbe permesso a nessun uomo di piegarla.

Le mani del guerriero, intanto, avevano afferrato i lembi della veste che indossava e, con movimenti decisi, il gargarense gliela sfilò.

Interruppe il bacio solo per gettare a terra il tessuto poi le sue dita si spostarono impazienti sul suo corpo nudo. Le sfiorò con lentezza i seni, carezzandole i capezzoli mentre con la lingua le percorreva il collo, tracciando una scia di brividi e baci.

Lynn annaspò mentre reclinava la testa indietro per concedergli l'accesso alla sua gola.

Il guerriero ne succhiò la pelle candida, lambendola e mordendo la carne.

Le gambe le tremarono per l'eccitazione. Lynn si sentiva esposta, in balia del suo ammaliante potere.

La guerriera che era in lei avrebbe voluto allontanarsi per recuperare una posizione di vantaggio ma il suo corpo traditore glielo impediva.

Il bisogno di raggiungere il piacere le ottenebrava la mente privandola di qualsiasi volontà che non fosse quella volta ad ottenerlo.

Bramava il tocco, le carezze e i baci del guerriero più di quanto desiderasse e ne rimase sorpresa.

Non si sarebbe mai aspettata di provare sensazioni simili durante l'Unione.

Il gargarense, intanto, strinse tra le dita ciocche dei suoi capelli scuri e tornò a baciarla.

Con l'altra mano le toccò la gamba, il ginocchio infine le sue dita salirono ancora, sfiorando la sua intimità.

A quel contatto, Lynn fremette e la sua schiena urtò contro la fredda corteccia della quercia.

L'imbarazzo la invase mentre il guerriero si inginocchiava davanti a lei e le sue dita cominciavano a muoversi tra le sue pieghe.

Gli afferrò con forza la testa, stringendosi al suo collo e il suo respiro si fece più rapido.

Con paziente lentezza la mano del gargarense si spostò toccando e lambendo i bordi della fessura, resa gonfia dal piacere.

Carezzava i suoi punti più sensibili, provocandole scosse di eccitazione che le percorrevano la schiena e la rendevano preda di un desiderio che non riusciva a spiegarsi.

Voleva di più.

Lynn chiuse gli occhi, mordendosi il labbro per soffocare un gemito. Il suo orgoglio le impediva di mostrare l'effetto che il suo tocco aveva su di lei. Ma quando lui si spostò ancora, tormentandola con le sue carezze ardenti, ogni pensiero lucido svanì.

Le sue dita callose si insinuarono con prepotenza dentro di lei e Lynn lo trasse ancora più vicino, conficcandogli le unghie nella pelle.

Il guerriero la penetrò fino in fondo, ancora e ancora, toccandola in punti che la tendevano e la facevano tremare.

Era ancora troppo buio e Lynn percepiva solo il suo respiro lento sulla pelle mentre, inginocchiato davanti a lei in silenzio, la guardava godere.

E quando lei fremeva, vicina al limite, si fermava; la sua mano si spostava e le sue dita si allontanavano per poi spingersi dentro e ricominciare, in un assalto senza fine.

Lynn annaspò mentre i muscoli interni, resi umidi dall'eccitazione, si contraevano sempre di più attorno ad esse, sempre più stretti, fino a quando temette di esplodere. Era un gesto troppo intimo e a farlo era uno sconosciuto di cui non vedeva neppure il volto.

I singhiozzi le sfuggirono dalle labbra mentre, in preda al desiderio, si mordeva la lingua per impedirsi di implorare la liberazione che agognava.

Ma quando la bocca del gargarense sfiorò il rigonfiamento pulsante tra le sue cosce, ogni coscienza svanì. Il piacere le inondò le membra, attraversandole il corpo con violenza fino a scuoterla e a bruciarla.

E Lynn, con la vista ormai offuscata per l'eccitazione, scordò tutto: l'orgoglio, il suo popolo, il suo dovere. In quel momento esisteva solo il misterioso guerriero che la lambiva.

Travolta, si arrese alla sua lingua che la stuzzicava mentre, con la testa gettata indietro e gli occhi chiusi, si contraeva, ancora e ancora.

Poi le dita del guerriero le strinsero le natiche e le sue labbra succhiarono il centro pulsante.

Fu troppo.

Lynn spalancò la bocca e gridò e il godimento esplose. Venne, inarcandosi contro di lui, spingendo violentemente le cosce contro il suo volto mentre, in preda all'orgasmo, pulsava ancora e ancora.

Avvolta nella nebbia del piacere, si accorse a malapena della solida presenza del gargarense che la sosteneva mentre, scossa dai tremiti, gli cadeva rovinosamente addosso.

Una folata di vento le sfiorò la pelle della schiena e Lynn aprì gli occhi.

Giaceva scompostamente contro il corpo del guerriero, con il respiro affannato e la testa abbandonata sulla sua spalla.

La sorpresa e una strana sensazione di spossatezza le impedivano di muoversi.

Era questo che accadeva quando ci si univa?

Le sensazioni che aveva provato erano state intense mentre il suo corpo era in preda al piacere; le mani del gargarense l'avevano toccata ovunque e non le era dispiaciuto.

Allora perché le sue compagne erano restie a parlare delle lunghe notti trascorse nelle foreste?

Forse non volevano accettare che un uomo potesse dare loro piacere, in fondo, ricordò Lynn, erano esseri privi di valore.

A quella realizzazione, il fatto di essersi lasciata andare la infastidì: avrebbe dovuto avere maggiore controllo.

Cercò di scostarsi per allontanarsi da quel corpo sconosciuto ma un brivido la scosse quando incontrò lo sguardo del guerriero.

I suoi occhi bruciavano di rabbia.

Dragan afferrò le spalle dell'amazzone per allontanarla ma il contatto con la sua pelle ebbe il potere di incendiargli il sangue.

La sentì rabbrividire: era calda e odorava di terra. Il suo corpo nudo, appoggiato contro il suo, gli stuzzicava i sensi e la sua eccitazione crebbe.

Inspirò a fondo, tentando di calmare gli istinti e ricordare i suoi propositi.

Doveva rimanere distaccato.

Provava disgusto all'idea di unirsi con una di loro. Ma era da tanto, troppo, che non giaceva con una donna e il desiderio represso minacciava il ferreo ma fragile controllo che cercava di mantenere.

E quando lei, inconsapevolmente, sfiorò la sua virilità fu perso.

Prima ancora di capire cosa stesse facendo, il suo corpo, guidato dagli istinti si mosse.

La sollevò di peso, adagiandola tra le radici dell'albero. E mentre il tronco ruvido le graffiava la pelle della schiena le insinuò la lingua in bocca.

Cominciò a baciarla con violenza e in quei concitati istanti percepì l'animo battagliero della ragazza che aveva davanti. Con le dita gli aveva afferrato i corti capelli scuri e lo guardava con un'intensità che lo scosse; come se anche lei fosse preda della sua stessa bramosia.

Premeva inconsapevolmente il bacino contro la sua erezione mentre i suoi gemiti si disperdevano nell'aria e Dragan maledì il suo desiderio.

Continuando a tenerla bloccata contro l'albero si tolse sbrigativamente le braghe.

Cercò ancora di frenarsi ma tutto ciò che voleva era di affondare dentro di lei fino a quando entrambi, esausti, non fossero crollati.

Così, abbandonando ogni pensiero, le strinse le natiche e la penetrò.

La sentì gridare e trattenere il fiato per la sua violenta spinta: la barriera della sua verginità si era infranta.

Avrebbe dovuto darle il tempo di abituarsi alla sua presenza ma, perso nella nebbia del piacere, non era più in grado di ragionare.

Il suo istinto animale aveva preso il sopravvento e Dragan si mosse dentro di lei, ignorando qualsiasi cosa che non fosse quel corpo caldo.

Affondò senza sosta, afferrandole le gambe, mordendole il collo, facendola girare di schiena e sfogò il suo bisogno per un tempo che gli parve infinito.

Infine, quando il freddo della notte lasciò il posto al tepore dell'alba, venne violentemente rilasciando il suo seme con un orgasmo che lo lasciò senza fiato. Esausto crollò in ginocchio e si addormentò.

Si svegliò solo quando il sole era ormai alto nel cielo. Ed era solo.

Il vento si era placato. Lynn si abbassò chiudendo la mano a pugno per poi gettare l'ennesimo mucchio di piante medicinali nella cesta di rami intrecciati che portava sulla schiena. Nei periodi di mutamento i malanni erano più frequenti e lei e Ivres avevano finito le scorte: così si erano inoltrate sulle colline sotto i grossi alberi che le rinfrescavano in cerca di echinacea, melissa, biancospino.

Raccoglievano in silenzio: Lynn con la mente persa nel ricordo della notte appena trascorsa, Ivres con la schiena curva e le ginocchia appoggiate al terreno fino a quando l'anziana amazzone non alzò un braccio per indicare il tronco dell'albero che le sovrastava con i suoi imponenti rami.

«È qui che avvengono.» esclamò con reverenza.

«Che cosa?» domandò allora Lynn osservando il tronco e l'erba sotto di esso.

«Le ultime Unioni.» rispose l'anziana «proprio su queste colline, sotto questi alberi.»

A quella rivelazione Lynn sentì la pelle del volto tendersi e scaldarsi: la primavera era alle porte e i riti d'accoppiamento sarebbero terminati quella stessa sera.

Avrebbe dovuto passare un'ultima notte con il gargarense.

Il ricordo della loro Unione le tornò alla mente.

Si era svegliata prima che sorgesse l'alba. Indolenzita, aveva raccolto la veste che giaceva abbandonata sull'erba e stando attenta a non fare rumore, l'aveva indossata. Il guerriero era ancora addormentato e lei aveva distinto a malapena i suoi lineamenti decisi. Così si era alzata in piedi e come l'accordo prevedeva aveva iniziato subito ad allontanarsi.

L'uomo era stato rude ma le aveva permesso di adempiere al suo dovere.

Mentre varcava le porte del villaggio però una strana emozione si era fatta spazio nella sua mente: c'era qualcosa di sbagliato in ciò che era accaduto tra loro. Non riusciva però a capire cosa: aveva preso ciò che il gargarense le aveva offerto e adesso il suo seme giaceva nel suo ventre.

E la notte successiva, come le sue sorelle, avrebbe fatto lo stesso.

Rinfrancata nel suo compito afferrò la spada che portava con sé.

I raggi mattutini sfioravano le cime degli alberi con la loro luce tenue.

Dragan aumentò il passo facendosi spazio tra gli arbusti: il suo villaggio natale lo aspettava oltre la collina.

Scosse il capo in preda alla rabbia verso sé stesso: avrebbe dovuto essere duro, indifferente e invece aveva perso il controllo: la ragione era stata sopraffatta dall'istinto primordiale di affondare nel corpo dell'amazzone: così l'aveva presa senza esitazioni.

«Colpa della prolungata astinenza.» si disse per giustificare le sue azioni. Ma l'irritazione che svelava la falsità di quel pensiero gli rimase addosso.

Fu in quello stato che arrivò al villaggio. Il gruppo di giovani gargarensi era già rientrato e stava festeggiando la nottata svuotando diversi otri di vino.

Dragan ignorò di proposito le occhiate curiose del fratellastro seduto in mezzo a loro e si diresse verso la tenda di Virtius.

«Hai fatto tardi.» lo accolse il capoclan.

Dragan annuì evitando il suo sguardo: quando si era svegliato qualcosa l'aveva trattenuto dal tornare subito al villaggio: in lui era nato il desiderio di sapere con chi avesse giaciuto.

Così aveva aspettato che i raggi illuminassero la collina combattuto tra il desiderio di incamminarsi verso Temiscira per scoprire chi fosse l'amazzone e quello di andarsene.

Ciò che voleva fare era proibito dal patto stretto con il popolo guerriero e Dragan poteva solo immaginare le conseguenze se l'avessero scoperto.

L'unica cosa che era riuscito a scorgere della giovane nel buio erano i capelli scuri che le incorniciavano il volto e le coprivano il collo.

Aveva scosso il capo per scacciare quel pensiero e si era diretto verso il suo villaggio: in fondo saperlo non era poi così importante.

L'età lo stava facendo diventare meno duro, si disse mentre si dirigeva verso il giaciglio di Fergus.

Una volta seduto scosse il bambino che subito lo guardò con i suoi occhi vispi.

«Andiamo a casa.» gli disse Dragan carezzandogli il capo e Fergus si apprestò a seguirlo.

Uscirono dalla tenda del capoclan ma prima che potessero andare oltre, Agnus bloccò loro la strada.

«Com'è andata?» farfugliò, le pupille dilatate, il vino nell'otre che teneva stretta in mano che si riversava per terra.

Dragan non rispose. Invece prese per mano Fergus, pronto ad allontanarsi.

Il fratellastro però gli strinse il braccio. «Aspetta. Ti sei divertito?»

Dragan sentì la collera montargli dentro mentre gli sghignazzi di Agnus gli rimbombavano nelle orecchie.

«Smettila.» ringhiò al colmo dell'irritazione. Le sue parole gli facevano tornare alla mente la notte appena trascorsa che lui invece avrebbe solo voluto poter dimenticare.

Agnus però proseguì, troppo ubriaco per capire che non avrebbe dovuto provocarlo oltre.

«Allora ti è piaciuto!» insinuò quindi, dopo l'ennesima risata.

E Dragan non riuscì a trattenersi: prima che la ragione lo fermasse aveva già caricato il pugno che si abbatté violento sulla guancia del fratellastro.

Agnus cadde a terra con un tonfo, gli occhi spalancati per lo stupore.

«Ancora?» gridò.

Dragan lo guardò con uno sdegno tale da zittirlo. Poi, prima che Agnus potesse aggiungere altro, prese Fergus e si allontanò verso la sua capanna.


«Come ti senti?»

Lynn fermò il fendente e si voltò verso Ivres: l'anziana l'aveva raggiunta sulla collina e la osservava attenta.

Abbassò la spada. Come si sentiva?

Per tutta la mattinata aveva cercato di sgombrare la mente dal pensiero della notte appena trascorsa, invano. Così aveva preso la spada e in groppa a Zeus si era diretta sulle colline.

«Confusa.» rispose restia a svelare le sue reali sensazioni.

Una parte di lei odiava il fatto di aver concesso al gargarense di toccarla; l'altra la rimproverava di aver perso il controllo.

L'anziana sospirò poggiandole la mano rugosa sulla spalla.

Lynn percepì il calore di quel gesto e ne rimase stupita: Ivres era solita tenersi a distanza e invece per la prima volta, la sentì vicina.

«Vieni, siedi insieme a me.» l'anziana amazzone la condusse verso dei massi poco distanti e Lynn la seguì senza esitare. Poi Ivres le prese le mani tra le sue.

«È stato gentile?» domandò.

Lynn chiuse gli occhi ed esitò.

«Lo è stato.» rispose infine mentre il suo sguardo si perdeva all'orizzonte.

Scosse il capo per scacciare la fragilità che sentiva dentro e che non riusciva a spiegare. Un'amazzone non doveva lasciare spazio a quelle deboli sensazioni.

Ivres sembrò intuire il suo tormento e acuì la stretta sulle sue dita.

«Ne sono felice. Altrimenti l'avrei cercato e trapassato con la mia lama.»

Lynn sentì le labbra schiudersi in un sorriso mentre il tumulto dentro di lei si placava.

«L'avrei fatto prima io.» ribatté decisa.

L'anziana annuì senza lasciare la sua mano e Lynn per la prima volta si lasciò andare.

«Dopo stanotte mi sento strana Ivres. Mi sento fragile.» esalò, rivelando la sua vergogna.

«L'anziana mentore l'avrebbe rimproverata per quella confessione.» si disse ma lei voleva capire perché si sentiva così.

Ivres attese un attimo prima di rispondere e Lynn si alzò di scatto non più in grado di mantenere il contatto: aveva dato a Ivres una delusione, l'aveva addestrata per essere forte e invece...

«Non devi sentirti debole per questo.» la rassicurò invece inaspettatamente.

«Ricordati che prima di essere un'amazzone sei una donna. Come tale hai delle debolezze ma queste possono essere fonte di forza.»

Lynn sgranò gli occhi chiari, colpita dalla risposta. Non avrebbe mai pensato di sentire quelle parole.

Strinse con forza l'elsa della spada mentre si girava verso l'amazzone; incapace di parlare annuì.

Ivres si alzò a sua volta sfoderando la lama che portava alla cinta.

«Avanti.» la incoraggiò portando l'arma vicino al suo petto.

«Alleniamoci ancora un pò.»

Lynn alzò a sua volta la sua, per menare un fendente e pochi istanti dopo le loro armi si incrociarono, colpo dopo colpo mentre il tramonto si avvicinava.


Le ombre della sera si andavano allungando mentre in groppa al suo stallone, Dragan si dirigeva verso la collina dove avrebbe incontrato nuovamente l'amazzone.

Era pervaso da una sensazione di impazienza che aveva cercato invano di ignorare.

Doveva essere impazzito. – si disse mentre incitava il destriero al galoppo tra alberi e arbusti. Aveva addirittura colpito una seconda volta il fratellastro che era troppo ubriaco per ragionare.

Si pentì di aver perso il controllo con quella maledetta amazzone durante i giochi: se non l'avesse fatto, niente di tutto ciò che si stava verificando sarebbe accaduto. Ma ormai il danno era fatto: avrebbe partecipato alle Unioni ancora per una notte.

Scosse il capo scacciando l'immagine sfocata della giovane che a breve avrebbe incontrato; questa volta si sarebbe trattenuto.

Giunto in prossimità della cima tirò le redini per diminuire l'avanzare del cavallo e dopo pochi istanti smontò. Si sfilò la spada dalla cinta e dopo averla assicurata alla sella dell'animale lo incoraggiò con una leggera pacca sul dorso.

«Vai.» sussurrò e lo stallone nitrì inoltrandosi nella foresta.

*L'avrebbe trovato al suo ritorno.* – pensò Dragan mentre si incamminava con passo rapido nella direzione opposta. Il sole intanto era tramontato e una pallida luna si stagliava nel cielo.

Era quasi il momento: la vetta non era lontana.

Con passi decisi coprì la poca distanza che mancava e l'imponente albero sotto il quale la giovane lo aspettava, apparve alla sua vista.

Si diresse verso di esso senza esitare.

Un'ultima notte e poi non avrebbe più dovuto avere a che fare con nessuna di loro.


Lynn ripose la spada nel fodero, ansimante. Si era addestrata con Ivres fino al calar del sole e solo quando il tramonto si era fatto imminente l'anziana l'aveva lasciata per tornare a Temiscira.

Respirò a fondo l'aria della sera mentre volgeva lo sguardo verso la pianura: l'immensa distesa si estendeva selvaggia davanti a lei; così chiuse gli occhi per godersi il senso di libertà che le trasmetteva.

Dimenticò tutto: le amazzoni, le Unioni, l'amante sconosciuto che stava per arrivare, lasciandosi cullare dal ritmo leggero del suo respiro.

Non seppe quanto tempo trascorse in quello stato ma quando riaprì gli occhi il buio aveva preso il sopravvento.

Così si alzò e si diresse sotto l'antico albero in attesa del gargarense.

Il cuore batteva rapido al pensiero che di lì a breve sarebbe arrivato.

Una parte di lei temeva quell'incontro: avrebbe portato alla luce sentimenti che avrebbe voluto nascondere, dall'altra però agognava di sentire quelle dita callose che la accarezzavano, il suo respiro sulla pelle: si rifiutava di ammetterlo ma le erano piaciuti.

Poi il silenzio venne rotto da un fruscio e una mano strinse la sua.


Il contatto con la pelle dell'amazzone ebbe di nuovo il potere di incendiargli il sangue. Dragan inspirò a fondo tentando di calmare gli istinti.

Si era ripromesso di non perdere il controllo ma toccarla glielo rendeva difficile: si maledì per la sua debolezza mentre le accarezzava il braccio, il collo.

La pelle della giovane portava con sé l'odore dell'Anatolia e Dragan ne inalò l'essenza mentre con la lingua le percorreva il mento in una sensuale carezza.

Un gemito sfuggì dalle labbra dell'amazzone mentre dalla guancia lui si spostava verso le sue labbra e quando le loro bocche s'incontrarono la baciò. Allacciò la lingua con la sua, sfidandola in una lotta silenziosa.

L'amazzone ricambiò con lo stesso ardore e Dragan si ritrovò sdraiato sotto di lei.

Impaziente, allentò le braghe e la afferrò per le natiche poi, con gesti decisi, la avvicinò alla sua erezione. La sentì irrigidirsi ma con le braccia la guidò con fermezza verso di lui. Poi la fece abbassare e la penetrò.

Gemettero entrambi e la sensazione della stretta fessura che la avvolgeva lo eccitò.

«Muoviti.» bisbigliò roco. E lei, dopo un breve istante, lo fece.

L'amazzone si alzò e si abbassò, carezzando la sua virilità, accogliendolo e facendolo gemere.

Lynn assecondò le spinte del suo amante mentre lo cavalcava, sempre più impaziente, sempre più rapida fino a quando il gargarense non le succhiò un seno. Allora gridò e si contrasse tremante: i suoi muscoli interni lo strinsero e Dragan avvertì il seme risalire dai testicoli.

Si alzò a sedere di scatto e le afferrò i capelli. E mentre la sua lingua la penetrava, venne con un grido che squarciò il silenzio della notte.

Il fruscio leggero delle foglie la destò dal sonno e Lynn si trovò sdraiata contro il corpo del guerriero.

Con un gesto di stizza, scostò il braccio che la stringeva, maledicendo la sua debolezza. Avrebbe dovuto dominare, quell'uomo non era che un mezzo per ottenere ciò di cui aveva bisogno ma per una ragione che non riusciva a spiegarsi le sembrava che fosse accaduto il contrario.

Si rimproverò mentre si arrischiava a gettare uno sguardo verso il gargarense.

La notte era ancora lunga ma non poteva restare lì: ogni istante che trascorreva con lui le ricordava il suo disonore.

Lentamente si aggiustò la veste mentre cercava di spostarsi senza svegliarlo ma il guerriero aveva gli occhi aperti e le afferrò subito il braccio per fermarla.

I loro fiati s'incontrarono: Lynn sentì l'eccitazione crescere ma s'impose di resistere.

Cercò di allontanarsi ma il gargarense fu più rapido: le loro bocche si scontrarono in un bacio che lasciò entrambi senza fiato.

Lynn voleva far scorrere le dita sul suo petto solido ma si trattenne: se ne doveva andare.

Non appena si staccò dalle sue labbra lo colpì con un calcio allo stomaco e si diresse correndo nella foresta.

Solo quando fu abbastanza lontana si fermò e si permise di respirare.

Il suo dovere si era concluso e non vedeva l'ora di dimenticarsi ciò che era accaduto in quelle notti. Per fortuna non l'avrebbe più incontrato.

Adesso capiva perché le sue compagne non parlavano volentieri delle Unioni: quegli incontri le facevano sentire deboli, minando la loro sicurezza. Gli uomini erano davvero terribili in fondo.

Persa nei suoi pensieri si accorse solo in quel momento di essere arrivata al limitare della foresta.

Non sapeva per quanto avesse vagato ma l'alba era finalmente giunta.

Si diresse subito con passo lesto verso la città. Ma ciò che vide le gelò il sangue nelle vene.

Temiscira era in fiamme.

Qualcuno, approfittando della loro assenza, l'aveva presa d'attacco.

Non doveva perdere tempo. Emise un fischio e il suo fedele stallone arrivò trottando da lei: Lynn gli salì in groppa e lo spronò subito al galoppo mentre con l'ascia in mano si dirigeva in soccorso delle compagne.


Dragan annaspò cercando di riprendere fiato.

Si diede tempo per regolarizzare il respiro e una volta che il dolore si fu placato, si alzò e si diresse a sua volta giù per la collina.

L'amazzone lo aveva colpito. L'odio nei confronti delle donne guerriere riaffiorò in tutta la sua intensità e Dragan giurò che le avrebbe fatto pagare cara la sua insolenza.

Correndo, uscì dal folto del bosco e quello che vide lo lasciò incredulo: le fiamme si alzavano da Temiscira; la città amazzone era stata attaccata.

Dopo un attimo di esitazione, accantonò l'idea di seguire la giovane.

S'incamminò deciso verso il suo villaggio: quello che stava accadendo non lo riguardava. Anzi, ne era quasi contento: nessuno più di lui detestava le amazzoni e se fossero state sconfitte, il suo popolo non avrebbe più dovuto sottostare all'ignobile patto a cui li avevano costretti.

Tuttavia, il suo istinto di spia lo fece vacillare. Mai nessuno aveva osato attaccarle da che aveva memoria. La loro abilità nel combattimento era conosciuta da tutti i popoli vicini, che si tenevano saggiamente alla larga. Persino il suo popolo aveva stretto con loro quel maledetto patto per evitare uno scontro.

Allora chi osava attaccarle?

Doveva scoprire chi fossero gli aggressori. In quanto spia era suo compito garantire la sicurezza del suo villaggio: conoscendo il nemico i gargarensi sarebbero stati pronti in caso di eventuale minaccia. Nessuno, infatti, gli garantiva che gli invasori, una volta finito con le amazzoni, non avrebbero riservato la stessa sorte al suo popolo.

L'immagine di Fergus gli comparve nella mente e Dragan decise. Poteva indagare di nascosto, osservando nell'ombra, senza intervenire.

Così si diresse a passo rapido verso ciò che rimaneva della città amazzone.

4

Le fiamme si stagliavano nel cielo del mattino, producendo colonne di fumo che si disperdevano nell'aria.

Le capanne avevano preso fuoco e il suo ritmico scoppiettio, spezzava il silenzio surreale che avvolgeva la città.

Lynn oltrepassò decisa le porte: ovunque regnava una quiete innaturale che sembrava preludere lo scontro.

Si diresse senza esitazione verso la piazza, attenta a non farsi cogliere impreparata dal nemico.

Poi, una volta uscita dallo stretto vicolo che aveva imboccato, udì i gridi di battaglia delle compagne e il rumore del metallo che si scontrava le mozzò il respiro.

Doveva affrettarsi!

Più si avvicinava più i rumori dei combattimenti si facevano violenti: Lynn rimase incredula per ciò che si trovò davanti. Diversi uomini, armati di spade e di scudi, avevano invaso la città.

I corpi senza vita delle compagne giacevano riversi sulle strade: provò una stretta al cuore e la rabbia le esplose violenta nelle vene.

*Le avrebbe vendicate.* – si ripromise brandendo meglio l'arma.

Smontò da cavallo, pronta ad unirsi alla mischia, quando vide un invasore cavalcarle incontro.

La spada in mano, lo scudo ben saldo nell'altra, era pronto a infliggerle un colpo mortale.

Lynn recuperò la calma e la concentrazione mentre l'uomo si faceva più vicino.

Attese fino all'ultimo istante poi, quando il guerriero provò a vibrare un fendente diretto al suo cuore, si abbassò di scatto facendo roteare l'ascia.

Il colpo andò a segno e Lynn riuscì a scaraventarlo giù dal destriero.

Si diresse subito verso il corpo: il guerriero emetteva brevi rantoli mentre il sangue gli sgorgava copioso dalla ferita.

Stava morendo per mano sua. Lynn sentì il rimorso scuoterla e la sensazione non le piacque; nonostante non fosse stata lei a cercare lo scontro, sentì di aver compiuto un'azione sbagliata.

*Le sarebbe venuto più facile in futuro.* – si disse. Ora non aveva tempo di crogiolarsi nel dispiacere: doveva scoprire il motivo per cui stavano attaccando il suo popolo. Così si rivolse al morente con voce ferma.

«Perché ci attaccate?»

L'uomo tossì per lo sforzo di far uscire le parole; l'espressione dolorante era mutata in uno sguardo di possesso che la lasciò senza fiato.

«Perché ci appartenete.» bisbigliò. «Siete le nostre donne.»

Fece per afferrarle il braccio ma Lynn fu rapida a scostarsi.

L'ascia le cadde di mano con un tonfo e quando tornò ad avvicinarsi, l'uomo giaceva ormai privo di vita.

Continuò ad osservarlo, colpita dalle parole che aveva pronunciato: memorie di storie antiche le tornarono alla mente. Un terribile sospetto la invase, così gli afferrò il polso e quando lo girò, capì che non c'erano dubbi sulla sua identità.

Era uno Scita, un discendente di coloro che immemori tempi prima le avevano abbandonate per andare in guerra. Il tatuaggio a forma di ascia lo testimoniava.

Quella rivelazione fece fiorire in lei la collera e cancellò ogni traccia di rimorso: i loro uomini le avevano abbandonate per le conquiste e le ricchezze e adesso volevano rivendicare diritti di cui non erano degni.

Distolse lo sguardo dal corpo dell'uomo e si diresse senza esitazione verso la capanna di Ivres. Doveva accertarsi che fosse salva: poi avrebbe rintracciato la principessa e la regina e le avrebbe portate in salvo.

Aver stabilito quali fossero i suoi compiti, riuscì a tranquillizzarla.

Quando arrivò alla capanna, constatò sollevata che non aveva preso fuoco.

Si precipitò all'interno, chiamando Ivres per nome ma dell'anziana non c'era traccia: Lynn notò subito che la sua spada non era più al suo posto sulla parete; Ivres l'aveva presa e con ogni probabilità era accorsa a proteggere la regina.

Così corse fuori e si diresse a sua volta verso il palazzo.

Pochi istanti dopo la dimora reale sbucò davanti a lei: alta e imponente dominava la città.

Lynn si lanciò rapida verso gli scalini che portavano all'ingresso ma due sciti le sbarrarono improvvisamente la strada.

La giovane si mise in posizione di difesa, poi cominciò a roteare l'ascia con aria minacciosa: la regina doveva essere lì dentro e niente l'avrebbe fermata.

I due uomini la attaccarono insieme, le loro spade si agitavano nell'aria ma lei si difese abilmente schivando i fendenti e rispondendo colpo su colpo.

Poi la sua ascia colpì il petto di uno dei nemici mentre la sua daga si andò a conficcare nella schiena del secondo. Prima che i loro corpi avessero toccato il suolo si era già diretta all'interno.

La sala d'ingresso era avvolta dall'ombra e non appena i suoi occhi si abituarono all'oscurità vide Ivres che avanzava verso di lei: l'anziana respirava a fatica appoggiandosi alla sua spada.

La raggiunse prendendola per un braccio: zoppicava. Probabilmente l'avevano ferita ad una gamba.

In preda alla pena, si chinò subito per esaminarla ma l'anziana glielo impedì.

«Non c'è tempo ragazza. La regina è morta. Devi salvare la principessa.»

Lynn barcollò mentre il dolore la invadeva. La regina Pentesilea era morta... Sentì le lacrime premere per uscire ma subito la mano di Ivres si posò sul suo capo.

«Ci sarà tempo per il dolore, ora hai un compito da svolgere.»

Ivres aveva ragione. Lynn ricacciò indietro il groppo che sentiva in gola: portare al sicuro la principessa aveva la precedenza su ogni cosa.

«E tu? Non posso lasciarti qui.» Non sopportava di dover abbandonare l'anziana al suo destino.

«Non preoccuparti, me la caverò. Vai e non voltarti indietro.»

L'anziana la guardò severa per poi sospingerla lontano da lei.

«Fatti onore.» bisbigliò allora Lynn. E dopo un ultimo sguardo alla donna si voltò e si diresse fuori.

Aveva appena finito di scendere le scale quando un grido di terrore le giunse alle orecchie. Era la voce della principessa!

Lynn si lanciò in avanti e superato l'ennesimo vicolo la vide: Otiria scalciava e si dimenava mentre un uomo dalla stazza imponente la trascinava via.

«Fermo!» gridò e si lanciò al loro inseguimento.

Al suono della sua voce l'invasore si fermò gettando a terra la principessa e dopo aver impugnato l'ascia si preparò ad affrontarla.

Lei sfoderò la sua e dopo pochi passi le armi si scontrarono con violenza: Lynn sentì il braccio tremare per la potenza del colpo ma non allentò la presa. Resistette all'assalto finché poté poi ricorse all'agilità: ruotò di lato sbilanciando il nemico che però recuperò in fretta l'equilibrio.

Lynn lo osservò con attenzione: era un guerriero dai lunghi capelli biondi: la barba gli copriva quasi interamente il volto, nascondendo i lineamenti spigolosi. Era alto e robusto più di qualsiasi altro uomo avesse mai visto e aveva un che di felino nello sguardo.

Incuteva un senso di timore che non aveva mai provato: sarebbe stato un duro avversario. Così sfoderò la daga conscia che per vincere avrebbe dovuto affidarsi all'agilità.

Si mise in posizione d'attacco e stava per lanciarsi in avanti quando il rapitore la precedette: con un grido le si gettò addosso roteando l'ascia.

Lynn la evitò per un soffio abbassandosi di scatto e una volta recuperato l'equilibrio caricò a sua volta il fendente. La lama della daga compì una traiettoria ad arco prima di colpire il braccio dell'avversario. Gli fece un graffio superficiale; il guerriero, infatti, continuò ad attaccarla come se nulla fosse successo.

Era veloce nonostante la stazza, constatò guardinga. Doveva disarmarlo prima di esaurire le energie.

Così si lanciò nuovamente in avanti, abbandonando la daga e brandendo l'ascia a due mani per dar maggior potenza ai colpi. L'uomo però non sembrò risentirne: parava ogni colpo senza difficoltà e Lynn presto si ritrovò senza fiato.

Non poteva cedere: la salvezza della principessa dipendeva da lei.

Così con tutta la forza che aveva in corpo menò un fendente diretto alla testa dell'avversario. Questi parò sbilanciandosi e Lynn ne approfittò per colpirlo con un calcio all'inguine.

L'uomo cadde in ginocchio con un grugnito mentre lei si preparava a dargli il colpo di grazia. Ma inaspettatamente questo sfoderò un pugnale dalla cinta: Lynn sentì il metallo affondare nel braccio mentre il dolore si faceva spazio nella sua mente.

Indietreggiò di scatto estraendo la lama e si esaminò la ferita: il sangue sgorgava copioso dal taglio. Avrebbe dovuto fasciarla: prima però doveva sconfiggere l'avversario e portare la principessa al sicuro.

Così si lanciò nuovamente all'attacco cercando di ignorare il dolore.

L'uomo, intanto, si era rialzato e con una stretta ferrea aveva fermato l'ascia che si stava abbattendo su di lui. Lynn sussultò per la forza che esercitava e prima di riuscire in qualche modo a liberare l'arma sentì che questa gli veniva strappata via. Sbilanciata cadde all'indietro mentre l'aggressore si avvicinava pronto a vibrare il colpo di grazia.

Non sarebbe restata inerme in attesa della fine: avrebbe combattuto fino all'ultimo. Così quando l'avversario caricò il colpo lo colpì al polpaccio facendogli perdere l'equilibrio.

Cominciarono così un corpo a corpo rotolando da una parte all'altra: Lynn continuò a colpirlo con pugni e calci ma niente sembrava scalfirlo. Infine, lo scita la portò sotto di sé premendogli le mani sulla gola e Lynn sentì il fiato fuoriuscire dai polmoni. Cercò di liberarsi stringendo le mani dell'aggressore ma il suo tentativo fu vano: era troppo forte.

Annaspò in cerca d'aria. Sarebbe morta così? – si chiese. Senza aver portato a termine il suo compito?

Non intendeva arrendersi ma le forze la stavano abbandonando.

Tutto si stava facendo confuso e le ombre le danzavano davanti agli occhi.

*Arrivo Madre.* – pensò udendo un grido.

Ma un attimo dopo si ritrovò libera.


Dragan si sporse al di fuori del muro che lo nascondeva.

Il suo ingresso a Temiscira era passato inosservato.

Aveva evitato con agilità gli scontri e si era diretto senza esitazione verso il palazzo: lì avrebbe potuto avere maggiori informazioni su ciò che stava accadendo.

Stava per salire gli scalini che lo avrebbero condotto nel cuore della città amazzone quando un gridò riempì l'aria. Un'amazzone dalla lunga veste bianca veniva trascinata via da un uomo.

Dragan la riconobbe subito: si trattava della principessa Otiria.

Così, con il cappuccio calato sul volto per celare i lineamenti al nemico, li seguì a distanza attento a non far scoprire la sua presenza.

Il rapitore sembrava conoscere il territorio: camminava con passo sicuro lungo il sentiero, diretto verso la foresta: con ogni probabilità intendeva condurre la futura regina nelle sue terre, qualunque esse fossero.

Era stata una mossa astuta la sua. – gli riconobbe Dragan. Il rapimento della principessa avrebbe piegato il popolo amazzone costringendo le bellicose guerriere alla resa.

Man mano che si allontanavano dal palazzo i rumori degli scontri andavano affievolendosi e Dragan si stupì di non incontrare nessuno. Dove erano finite le guerriere? Gli invasori erano così abili da metterle in difficoltà?

Un senso di allarme lo spinse a muoversi ancora più guardingo: quegli uomini non erano da sottovalutare.

Doveva trovare un modo per svelare chi fossero e scoprire se avessero intenzioni bellicose verso il suo popolo.

Perso in quelle riflessioni sussultò sentendo dei passi leggeri avvicinarsi. Si nascose rapido nella penombra prodotta dal muro di una capanna mentre il suo sguardo si posava attento sulla strada.

Poco dopo vide un'amazzone armata di ascia e daga correre verso la principessa. I suoi corti capelli scuri si muovevano mossi dal vento e nella mente di Dragan apparve l'immagine sfocata della giovane che aveva giaciuto con lui.

Si riscosse subito da quello sgradito pensiero ma un qualcosa a cui non seppe dare il nome lo spinse ad acquattarsi per osservare il combattimento tra l'amazzone e l'invasore.

Nonostante l'altezza della ragazza, la disparità fisica tra i due era evidente: l'uomo sembrava un gigante che incombeva su un sottile stelo, ciononostante i colpi si susseguivano violenti.

Dragan rimase colpito dall'agilità della ragazza che tentava di contrastare la forza bruta dell'avversario. E anche quando questi con una mossa sleale la colpì la giovane non accennò ad arrendersi.

Seguì un violento corpo a corpo alla fine del quale l'uomo la prese alla gola.

Dragan trattenne il fiato: la guerriera non sembrava in grado di liberarsi di quella mossa.

Si mosse incerto sul da farsi. Non doveva interessargli chi sarebbe sopravvissuto tra i due: non aveva motivo di intromettersi. Eppure, se fosse intervenuto avrebbe potuto scoprire maggiori informazioni sugli invasori e sulle loro intenzioni.

Scosse il capo per schiarirsi le idee: nonostante il disprezzo che provava per le amazzoni non poteva lasciare che la ragazza soccombesse. Così sguainò la spada.

"Fermo." - gridò rivolto all'invasore.

Questi si voltò e prima che potesse muoversi Dragan lo colpì scaraventandolo lontano da lei.

Sentì l'amazzone tossire mentre squadrava l'uomo che si rialzava con un grugnito. Poi, senza perdere tempo, roteò di nuovo la spada che si abbatté rapida sull'ascia dell'avversario. Iniziarono così uno scontro violento. Dragan scansava e parava con agilità fino a quando con una finta non ferì l'uomo ad una gamba. Il gigante vacillò, toccandosi la zona colpita.

Dragan, vedendo la rabbia che gli animava lo sguardo, sorrise mentre l'eccitazione dello scontro gli bruciava nelle vene cancellando qualsiasi pensiero: il suo avversario era un osso duro ma non aveva dubbi sul fatto che lo avrebbe battuto. Così riprese ad incalzarlo con colpi letali fino a quando questi non si sbilanciò. Solo allora, con uno scatto rapido, si avvicinò e lo disarmò.

Con un sorriso trionfante sul volto, gli puntò la spada alla gola e con un calcio in pancia lo costrinse in ginocchio.

«Chi sei?» domandò glaciale.

L'uomo però non accennò a rispondere così Dragan lo afferrò per i capelli e ripeté la domanda.

«A che popolo appartieni e perché hai attaccato la città?»

«Rispondi! O il tuo sangue bagnerà la terra.» lo incalzò premendogli la lama sulla pelle. Un fiotto di sangue scese lungo la gola dello sconosciuto mentre questi apriva la bocca per parlare.

Il suo sguardo però resto minaccioso, segno che nonostante la sconfitta non intendeva sottomettersi.

«Sigfrud, della tribù degli Sciti. I veri padroni di questa città e delle donne che la abitano. Stai pur certo che ce le riprenderemo!» aggiunse sghignazzando.

Dragan a quelle parole lo fissò disgustato. Parlavano delle amazzoni come oggetti di loro proprietà: sebbene anche lui le disprezzasse le aveva comunque considerate delle persone.

In preda al disprezzo lo colpì con l'elsa della spada e questi si accasciò a terra privo di sensi. Poi si girò verso il punto in cui giaceva l'amazzone e rimase incredulo a fissarla.

Lynn annaspò in cerca d'aria. Man mano che questa le entrava nei polmoni cercò di aggrapparsi alla realtà e, a poco a poco, le macchie scure svanirono dalla sua vista facendole vedere con chiarezza ciò che stava accadendo.

A poca distanza da lei un uomo con il volto celato da un cappuccio si stava scontrando con l'invasore: era agile e potente e i suoi colpi erano rapidi e precisi. Lynn incredula rimase ad osservare i muscoli delle sue braccia che si flettevano ad ogni stoccata.

Si riscosse solo quando notò che lo Scita era in difficoltà: con alcuni potenti fendenti, infatti, lo sconosciuto l'aveva costretto a terra.

L'uomo con il cappuccio puntò allo sconfitto la lama alla gola e Lynn cercò di alzarsi: stavano parlando ma da dove si trovava riusciva a cogliere solo poche sfuggenti parole.

Udendo il suono dei suoi passi, il vincitore si girò e Lynn rimase senza fiato per la sorpresa.

Occhi color delle colline, capelli scuri e corti: era il gargarense che l'aveva guardata con disprezzo durante i giochi!

La rabbia minacciò di invaderla ma cercò di metterla da parte: doveva capire perché si trovava lì.

«Perché mi hai aiutato?» gli domandò allora severa.

L'aveva salvata ferendo però il suo orgoglio di guerriera.

Il gargarense non rispose limitandosi a rinfoderare la spada. Nei suoi occhi però l'amazzone scorse la medesima sorpresa che l'aveva colta.

«Non ti riguarda.»

Lynn avvertì il disprezzo nella sua voce: il gargarense sembrava in preda alla collera. Allora perché l'aveva aiutata?

Stava per porgli nuovamente la domanda quando dei rumori la fecero voltare di scatto: altri sciti si stavano avvicinando.

Non c'era tempo da perdere.

Si diresse verso la principessa che giaceva inginocchiata a terra.

«Siete al sicuro.» le disse prendendola per un braccio poi ignorando la ferita la strattonò per farla alzare. Infine, raccolse l'ascia e con la spada sguainata si girò pronta ad affrontare gli avversari.

Li avrebbe rallentati per permettere alla principessa di fuggire poi l'avrebbe raggiunta: Otiria era una sacerdotessa e non era in grado di difendersi.

Ma il gargarense la raggiunse e l'afferrò per un braccio.

«Ce ne dobbiamo andare subito.»

Lynn colse l'urgenza nella sua voce e si girò a fronteggiarlo.

«Io non fuggo davanti ai nemici.» scandì cercando di liberarsi della stretta.

«Neppure io ma sono in troppi. Non riuscirai a salvare la tua principessa se rimani.»

L'amazzone fremette a quelle parole e Dragan constatò che era testarda. Si sarebbe fatta ammazzare piuttosto che fuggire.

Lynn intanto abbassò il capo, combattuta. Il gargarense aveva ragione. Non sarebbe riuscita a difendere Otiria da sola e non poteva contare sul guerriero.

Così rinfoderò la spada. Il gargarense a quel punto lasciò la presa e Lynn si diresse subito dalla principessa.

Otiria la guardava con occhi sgranati e spaventati.

«Andiamo.» la incoraggiò gentile Lynn.

Poi le prese per mano e si diressero correndo nella foresta.

Dragan trattenne il fiato mentre ascoltava il suono prodotto dai loro passi sul terreno.

Dovevano essere almeno sei e si facevano sempre più vicini.

Dalla velocità con cui gli sciti si muovevano mancava poco al momento in cui lo avrebbero raggiunto.

Rimase fermo per nulla desideroso di seguire le amazzoni.

Con suo profondo dispiacere però sapeva che al momento non aveva altra scelta. Non poteva tornare indietro. Gli sciti lo avrebbero seguito fino al villaggio e i gargarensi non sarebbero stati pronti per respingere un attacco.

*Maledizione a Virtius e al disgustoso accordo che aveva preso! –* pensò.

Poi, prima che gli sciti lo riuscissero a scorgere, si coprì nuovamente il capo con il cappuccio e si diresse a sua volta tra gli alberi.

5

La foresta era avvolta dalla nebbia; la sua coltre densa inghiottiva tronchi e foglie in una morsa grigia e tetra, impedendo agli occhi di scorgere qualsiasi cosa la abitasse.

Lynn riusciva a malapena a vedere lo stretto sentiero davanti a lei, tuttavia correva scansando gli arbusti, pronta a sguainare la spada in caso di bisogno.

Dietro di lei, la principessa Otiria arrancava con passo più incerto: diverse volte la giovane sacerdotessa l'aveva pregata di fermarsi per riprendere fiato ma Lynn non poteva concederglielo: dovevano mettere più distanza possibile dagli sciti che le seguivano prima che calasse il tramonto, poi avrebbe esplorato i dintorni in cerca di un rifugio sicuro per la notte.

La guerriera strinse i denti avvertendo una fitta di dolore irradiarsi dalla spalla sinistra: la ferita non aveva smesso di sanguinare ma non era ancora arrivato il momento di medicarla; così cercò di ignorarla concentrando i suoi pensieri sul da farsi.

Temiscira era ormai in mano agli invasori: le amazzoni sopravvissute l'avevano abbandonata per riorganizzarsi e riconquistarla. Prima di unirsi a loro, però, doveva portare a termine il suo compito: salvare la futura regina.

Non le restava altra scelta: si sarebbe diretta al Tempio Sacro.

L'edificio si ergeva sulla montagna più alta della regione ed era il luogo di culto delle amazzoni: fatto costruire dalla prima regina in tempi remoti, custodiva gelosamente i riti e le credenze del popolo guerriero.

La aspettava un lungo viaggio ma nessun altro luogo le sembrava più adatto di quello; lì la principessa sarebbe stata al sicuro.

Si voltò ad osservare Otiria che incespicava: con i lunghi capelli biondi scompigliati e la veste bianca strappata in più punti assomigliava più a una mendicante che a una principessa.

Ciò sarebbe stato d'aiuto nel caso avessero incrociato un nemico o dei viaggiatori: nessuno, vedendola, avrebbe sospettato delle sue nobili origini.

Rinfrancata da quei pensieri, Lynn continuò ad avanzare incitando la principessa a fare altrettanto; fortunatamente la stagione era mutata e non avrebbero patito molto freddo.

Un singhiozzo però la indusse a voltarsi.

«Vi prego.» bisbigliò Otiria con voce tremante «Possiamo fermarci un momento?»

Lynn fu tentata di risponderle con l'ennesimo rifiuto ma l'espressione esausta che le lesse sul volto la fece vacillare: se avessero continuato così ancora a lungo la principessa sarebbe crollata al suolo esausta; a differenza di lei non aveva mai addestrato il suo fisico alla resistenza.

Scosse il capo conscia che fermandosi avrebbe fatto guadagnare terreno agli inseguitori ma non se la sentì di rifiutare.

«D'accordo.» concesse. «Ma per pochi istanti. I nemici potrebbero prenderci alle spalle.»

La principessa a quelle parole si accasciò senza fiato e Lynn, tenendo la spada stretta in mano, si apprestò a controllare che i dintorni fossero sicuri.

Sembravano non esserci pericoli ma rimase guardinga.

Stava per sedersi anche lei, per concedersi un istante di riposo, quando un fruscio la fece bloccare di scatto.

Ruotò su sé stessa, gli occhi chiusi per la concentrazione: il rumore era venuto dalle loro spalle.

«Restate in silenzio e non muovetevi.» ordinò quindi alla principessa mentre con passi leggeri si inoltrava tra gli alberi; avrebbe colto l'inseguitore di sorpresa.

Udì un nuovo fruscio: i passi si erano fatti più vicini. Risuonavano affrettati come se colui che le seguiva non fosse intenzionato a celare la sua presenza.

Così si acquattò dietro un grosso tronco e quando lo scintillio di una lama ferì l'aria, balzò fuori estraendo la spada.

Caricò il fendente e le lame si scontrarono con clangore nella foresta.

Lynn si preparò subito a sferrare un nuovo attacco ma il suo avversario si ritrasse senza dargliene la possibilità. Alzò lo sguardo stupita: davanti a lei il gargarense che l'aveva aiutata nello scontro stava rinfoderando la spada.

«Tu!» esclamò allora non riuscendo ad impedire alla sorpresa di trapelare dalla sua voce.

*Che cosa ci faceva lì? Perché le aveva seguite?* - Quelle domande le vorticavano senza sosta nella mente mentre lo guardava negli occhi in attesa di una risposta.

Ma il gargarense seguitò a fissarla in silenzio e Lynn scorse il suo sguardo combattuto. Vide la mascella del guerriero indurirsi e prima che potesse formulare la domanda, lui l'aveva agguantata per un braccio.

«Non è prudente fermarsi, gli sciti sono vicini.» le sussurrò.

Lynn avvertì i brividi nel punto in cui il suo fiato le aveva solleticato la guancia. Stizzita per la sua stessa reazione e furiosa per essere stata seguita si liberò della stretta.

«Vai per la tua strada gargarense.» gli sputò allora contro. «Non ho bisogno del tuo aiuto.»

Poi gli diede le spalle pronta a incamminarsi ma lui, contro ogni previsione, la seguì.

«Credo invece che tu ne abbia bisogno.» ribadì.

Lynn smise di camminare e si voltò per fronteggiarlo: anche se ferita era in grado di difendere la principessa da sola.

«Ti ho detto di andartene.» sibilò minacciosa. Non aveva bisogno di un uomo che la proteggesse: era un'amazzone, non una povera donna indifesa.

Il gargarense a quelle parole scosse il capo, assumendo un'espressione dura.

«Non posso tornare al villaggio. Gli sciti mi seguirebbero e non voglio rischiare un attacco.» spiegò con voce ferma.

Non avrebbe portato gli invasori nella sua casa. Piuttosto preferiva costringersi a seguire l'amazzone per un certo tempo. Poi, quando fosse riuscito a far perdere agli sciti le loro tracce, se ne sarebbe andato per la sua strada.

Lynn si trattenne dal colpirlo: non si fidava di lui e non voleva averlo tra i piedi ma il gargarense sembrava irremovibile nella sua decisione.

Scosse il capo tentando di lenire la stizza che l'aveva colta: si sentiva debole per il sangue perso e non voleva perdere tempo in discussioni.

Così, ignorando il guerriero, tornò nel punto in cui aveva lasciato la principessa.

«Venite.» la incoraggiò. «Dobbiamo proseguire.»

Otiria acconsentì al suo ordine riprendendo il cammino e Lynn la precedette, spada in mano, mentre i passi sicuri del gargarense risuonavano alle loro spalle.

Dragan si maledì per l'ennesima volta mentre seguiva l'amazzone e la principessa nella foresta.

Che cosa ci faceva lì? Avrebbe dovuto proseguire per la sua strada: stare con loro significava essere costantemente in pericolo. Ciò nonostante, la salvezza del suo villaggio aveva la precedenza su ogni cosa: non avrebbe portato gli sciti al suo popolo.

Così continuò ad avanzare notando che la principessa era in difficoltà. Camminava a fatica, chiaramente esausta. Dragan sapeva che non si potevano fermare: gli invasori erano sulle loro tracce ma il suo sguardo si posò ugualmente sull'amazzone che lo precedeva. Nonostante la ferita alla spalla si muoveva con agilità. I suoi passi erano rapidi e non accennava a ridurre l'andatura, segno che anche lei coglieva l'urgenza di mettere più distanza possibile dai loro inseguitori.

Dragan si ritrovò ad ammirare la sua resistenza ma subito si rimproverò per quel pensiero: era un'amazzone.

Così tornò ad osservare i dintorni, in cerca di eventuali presenze: i passi dei nemici si erano fatti più smorzati ma non intendeva abbassare la guardia.

Quando però riportò lo sguardo verso le amazzoni che lo precedevano, un tonfo lo costrinse a fermarsi.

La principessa era caduta e si stava massaggiando un piede con una smorfia di dolore sul viso.

Dragan si avvicinò alla giovane, incurante delle occhiate glaciali che Lynn gli rivolgeva.

«Hai dolore?» domandò inginocchiandosi verso la principessa che lo fissava spaesata.

Questa annuì in risposta e Dragan decise di esaminare la caviglia. Ma una spada puntata alla sua gola glielo impedì.

«Non muoverti.» lo minacciò la guerriera che nel frattempo si era avvicinata.

Dragan a quel punto si fermò, le mani alzate in segno di resa.

«Voglio solo esaminarla per capire se è rotta.» rispose, poi incurante della minaccia posò le dita sulla caviglia premendo sul punto più gonfio.

Fortunatamente le ossa erano al loro posto; la principessa però non era in grado di proseguire senza aiuto.

«Non è rotta ma non può camminare in queste condizioni.» spiegò allora all'amazzone che, con la spada ancora sguainata, lo osservava pronta a intervenire. Così si abbassò pronto a caricare la principessa sulle sue spalle. L'aveva fatto senza pensare ma quando si rialzò rimase stupito del fatto che la guerriera lo avesse lasciato fare.

Mentre riprendevano il cammino capì che probabilmente riteneva più importante difenderla dai loro inseguitori che da lui.

A quel pensiero una smorfia gli si dipinse sul viso: la compagnia reciproca non sarebbe stata facile.


Le ombre degli alberi si stavano allungando. – notò Lynn, segno che il tramonto era vicino.

Si girò verso il gargarense che avanzava con la principessa sulle spalle.

Non si fidava di lui ma non aveva scelta: in caso di attacco doveva avere le mani libere per impugnare le armi.

Cercò di scacciare l'irritazione per quella situazione concentrandosi sul compito che l'attendeva: il buio avanzava e lei doveva trovare un rifugio per la notte.

Così si inoltrò ancora di più nel bosco facendo vagare lo sguardo fino a quando non scorse una piccola radura circondata da alberi. Si diresse senza esitazione versa di essa: era il luogo ideale. Nascosta dal fogliame era difficilmente visibile ad eventuali inseguitori.

«Ci fermiamo qui.» stabilì quindi con voce ferma.

Era pronta a ignorare qualsiasi protesta ma il gargarense, contro ogni previsione, si limitò a depositare la principessa con la schiena appoggiata ad un tronco. Poi si sedette e prese a masticare alcune erbe che aveva colto durante la marcia.

Rimase in silenzio, con la fronte contratta per la concentrazione fino a quando non riuscì a sminuzzarle. Infine, le prese in mano e le applicò sulla caviglia dolorante di Otiria.

«Diminuiranno il gonfiore.» spiegò.

Quando si voltò verso di lei, Lynn si sentì trapassare dal suo sguardo.

«Dovresti curare anche la tua ferita, rischia di infettarsi.» le suggerì.

L'amazzone fu colpita dal tono della sua voce: dalle sue parole trapelava una comprensione di cui non riusciva a capacitarsi. Ma subito si diede della stupida: il gargarense la detestava e il sentimento - stabilì Lynn - era reciproco.

Così gli diede le spalle e si diresse nel bosco per catturare qualche preda di cui cibarsi.

Non si sarebbe allontanata molto: in questo modo avrebbe potuto vigilare sulla principessa e sarebbe stata pronta ad accorrere in sua difesa in caso di bisogno.

In poco tempo costruì alcune trappole poi attese, acquattandosi dietro un arbusto.

Non aspettava da molto quando udì un rumore di qualcosa che si avvicinava: così si mise in allerta preparando la daga: qualunque cosa fosse, sarebbe stata la loro cena.

Attese fino all'ultimo momento poi balzò fuori dal nascondiglio ma una mano le bloccò il polso facendole perdere la presa sull'arma e Lynn si trovò faccia a faccia il gargarense.

«Che cosa fai qui?» sbottò incredula. L'aveva lasciato con la principessa…

«Ho cacciato la cena.» rispose il guerriero. E Lynn vide che dalla sua mano sinistra penzolavano inermi i corpi di tre conigli.

«Otiria.» esclamò.

Era rimasta da sola! Doveva tornare alla radura e assicurarsi che stesse bene.

Fece per incamminarsi ma un giramento di testa la fece barcollare. Si aggrappò al tronco più vicino, in attesa che la vista le si schiarisse: le ombre le danzavano davanti agli occhi minacciando di inghiottirla ma Lynn si conficcò le dita nei palmi cercando di resistere. Non poteva cedere adesso.

Quando si sentì più stabile provò a muovere qualche passo: solo allora si accorse di un braccio che le aveva cinto la vita, sostenendola.

«Stai male?» la voce del gargarense sembrava giungerle da lontano.

Lynn scosse il capo cercando di scacciare la vertigine che l'aveva colta.

Strinse i denti; sentiva la spalla andarle a fuoco e faticava a muovere il braccio: la ferita era peggiorata, doveva fermare l'emorragia ma non avrebbe permesso al gargarense di vedere la sua debolezza. Così fece per rispondere ma tutto ciò che gli uscì fu un debole bisbiglio.

«No.»

Poi prima che riuscisse ad impedirlo, si accasciò contro il corpo del guerriero: la sua pelle era fresca e per un attimo Lynn provò un senso di sollievo.

Dragan sentì l'amazzone accasciarsi. Le posò subito una mano sulla fronte: scottava.

Maledizione! Doveva riportarla alla radura e curarle la ferita.

Stava per caricarsela sulle spalle quando la voce della giovane lo bloccò.

«No. Posso camminare.»

Dragan maledisse l'orgoglio della guerriera, pari solo alla sua testardaggine: non era in grado di arrivare alla radura sulle sue gambe, ciò nonostante, era pronta a farlo pur di non mostrare la sua debolezza.

«D'accordo.»

Allentò la presa per poi incrociare le braccia al petto, restando ad osservarla mentre si sforzava di avanzare.

Lynn, rimasta improvvisamente senza sostegno, vacillò mentre muoveva cautamente i primi passi: la debolezza per il sangue perso aveva preso il sopravvento, lasciandola stordita ma non si sarebbe arresa.

Così si mosse appoggiandosi ai tronchi degli alberi per sostenersi.

Dragan la seguiva, conscio che non avrebbe resistito per molto: solo la forza di volontà le permetteva di reggersi ancora in piedi.

Lynn intanto tentava di ignorare il tremore alle gambe: mancava poco, la radura era in vista: doveva solo mettere un piede dopo l'altro.

La vista le si offuscò nuovamente ma lei sbatté le palpebre per fare chiarezza.

Infine, quando sbucò nella radura distinse Otiria appoggiata al tronco dove l'aveva lasciata.

«State male?» la sentì domandare.

«No.» rispose cercando di tranquillizzarla mentre il suolo si faceva più vicino.


Dragan afferrò l'amazzone prima che toccasse terra poi l'adagiò piano sull'erba. Teneva gli occhi chiusi e aveva il respiro affaticato.

«Mi senti?» domandò ma la guerriera non si mosse. Così scostò il tessuto che le copriva la ferita per esaminarla: il taglio sulla spalla era profondo e aveva cominciato ad infiammarsi. Doveva pulirlo e preparare un decotto che la aiutasse a combattere la febbre.

Prese le erbe che gli erano rimaste e dopo averle masticate staccò la ciotola di legno che portava alla cinta e le versò dentro per preparare l'impasto. Si guardò intorno in cerca di una pozza dalla quale attingere un po' d'acqua e un leggero scroscio gli arrivò alle orecchie: lì vicino doveva scorrere un piccolo ruscello.

Si diresse subito in quella direzione: era restio a lasciare sole le due donne ma non poteva fare altrimenti.

«Prestate attenzione.» raccomandò quindi alla principessa che lo guardava terrorizzata. «Tornerò entro breve.»

Non udiva i passi affrettati dei loro inseguitori: con ogni probabilità gli sciti si erano accampati per la notte.

Rinfrancato da quel pensiero, si spostò veloce nel bosco fino a quando non giunse in prossimità del corso d'acqua: una volta fermo si lasciò avvolgere dalla quiete di quel luogo e il viso di Fergus gli apparve nella mente: era certo che Virtius, non vedendolo arrivare, avrebbe preso il bambino con sé in attesa del suo ritorno.

*Sarebbe stato al sicuro* – si disse.

Riempì quindi la ciotola con dell'acqua e tornò rapido sui suoi passi.

Quando sbucò nella radura trovò le due amazzoni nelle stesse posizioni in cui le aveva lasciate.

Si avvicinò subito vicino alla guerriera, per valutare le sue condizioni e notò che non aveva ancora ripreso conoscenza. Così, senza perdere altro tempo, prese dei rami che aveva raccolto durante il ritorno e sfregando due pietre tra loro accese il fuoco. Nel giro di pochi istanti le fiamme illuminarono la radura.

Il sudore avrebbe aiutato ad abbassare la febbre. – constatò mentre si sedeva vicino a lei per dedicarsi alla ferita; strappò delle strisce di tessuto dalla tunica e le usò per tamponarla e pulirla. Infine, vi applicò l'impasto e la fasciò stretta.

Poi mise la ciotola d'acqua vicino al fuoco e con la daga si dedicò a spellare i conigli: una volta finito li legò a dei rametti e li mise tra le fiamme ad abbrustolire.

Dragan sapeva che era stata una mossa rischiosa quella di accendere un fuoco ma non aveva potuto fare altrimenti: l'amazzone aveva bisogno di calore.

Il desinare fu silenzioso. La principessa mordicchiava la carne lanciandogli occhiate timorose e Dragan rimase sulle sue, tenendo gli occhi e le orecchie aperte per controllare i dintorni. Infine, quando furono entrambi sazi, le rivolse la parola.

«Mi chiamo Dragan. Voi invece come vi chiamate?»

«Otiria.» bisbigliò piano la ragazza. Sembrava temerlo e Dragan cercò di rassicurarla.

«Non preoccupatevi, per stanotte siamo al sicuro.» le disse mentre si voltava per controllare la guerriera che aveva gli occhi chiusi e il viso rivolto alle fiamme.

Le toccò la fronte: era ancora calda. Così si alzò e presa la ciotola con l'acqua, vi sciolse dentro le erbe, poi la accostò alle labbra dell'amazzone, sollevandole delicatamente il capo per farla bere.

Questa deglutì a fatica ma Dragan riuscì a farle ingerire tutto il decotto. Una volta finito ripose la ciotola e si precipitò subito a spegnere il fuoco: era rimasto acceso troppo a lungo, rischiando di svelare la loro posizione.

Le braci erano ancora calde quando la principessa Otiria, vinta dal sonno, si sdraiò.

«Perché ci state aiutando?»

Dragan se lo domandò a sua volta mentre si voltava verso di lei.

Scosse il capo in lotta con sé stesso: l'odio per le amazzoni non si era ancora spento. Non avrebbe dovuto aiutarle.

«Siamo compagni di viaggio.» si sentì invece rispondere.

«Adesso dormite.»

Stava per sdraiarsi a sua volta quando un gemito lo fece desistere dal suo proposito: la guerriera tremava, scossa dai brividi. La febbre si stava alzando.

Dragan tentò di scaldarla sfregandole la pelle ma il tremore non accennò a diminuire.

Non aveva altra scelta: si sfilò la tunica e dopo averla spogliata si sdraiò vicino a lei, avvolgendole le braccia intorno al corpo.

Il suo calore l'avrebbe scaldata, facendola sudare, aiutandola così a vincere la febbre. Aveva passato innumerevoli notti a curare Fergus nello stesso modo.

Inizialmente si appoggiò a lei con riluttanza: la detestava e avrebbe voluto tenersi a distanza. Dopo poco però la stanchezza lo colse, allentando la tensione che provava.

Rimase solo uno sgradito senso di eccitazione. L'odore dell'amazzone risvegliava i suoi sensi e il ricordo sfocato della giovane con cui aveva giaciuto le tornò alla mente.

La sua amante era sopravvissuta alla battaglia?

Non gli sarebbe dovuto importare, eppure una parte di sé si domandava che sorte le fosse capitata.

La guerriera, intanto, si agitò e Dragan chiuse gli occhi tentando di calmarla: avrebbe stabilito una tregua con le amazzoni per quella notte poi avrebbe ripreso a disprezzarle come si meritavano.

Rinfrancato da quei pensieri si addormentò.

6

Lynn non percepiva altro che oscurità.

Sentiva il dolore propagarsi da un punto del corpo ma non era in grado di capire quale: così si rigirò senza sosta fino a quando delle braccia non la strinsero.

«Tranquilla.»

Una voce le parlò come se arrivasse da una grande distanza: non suonava familiare ma aveva un tono pacato che le incuteva sicurezza.

Così si calmò.

Aveva freddo. Le gelide acque del Termodonte la chiamavano ma vicino a lei percepiva il fuoco e, nel delirio della febbre, si aggrappò senza timore al suo calore.

Fu in quel momento che la vide.

La regina Pentesilea le camminava incontro, avvolta in una lunga veste bianca. Il suo sguardo era calmo, quasi sereno eppure Lynn sapeva che, per qualche motivo che non era in grado di ricordare, non sarebbe dovuto essere così.

La donna si fermò davanti a lei poi le strinse con forza la mano.

*Ricorda!* - La implorò. - *Ricorda il giuramento!*

Ma il dolore ancora le offuscava la mente e Lynn non era in grado di pensare. La stanchezza la sfinì e chiuse gli occhi.

Immersa nel buio continuò a sentire l'implorazione disperata della regina che la chiamava. Il suo tormento la seguì anche quando finalmente sprofondò nel sonno.


Il sole era alto nel cielo quando Lynn aprì di nuovo gli occhi.

Si mosse confusa. La memoria si era fatta sfocata e, per un attimo, non capì dove si trovava. Poi i ricordi di Temiscira e della fuga le tornarono alla mente e l'amazzone si guardò attorno, allarmata.

La radura era tranquilla e la principessa dormiva appoggiata ad un tronco vicino ma non potevano indugiare: dovevano mettersi in marcia prima che gli sciti le raggiungessero. Cercò subito di alzarsi ma un peso glielo impedì.

Il gargarense era sdraiato di fianco a lei e con le mani le stringeva la schiena e il petto.

Cosa era successo?

Lynn frugò nella memoria, invano. L'ultima cosa che ricordava era il suo ingresso nella radura a passo malfermo, poi il vuoto.

Il gargarense, nel sonno, spostò la mano sul suo fianco e lei si accorse che erano entrambi nudi.

Allungò una mano verso la veste che giaceva poco distante e raccolse la daga e mentre la rabbia la scuoteva, cancellando ogni traccia di torpore, si mise a sedere di scatto.

Il gargarense si era approfittato di lei mentre dormiva? In quel caso, lo avrebbe colpito senza esitazioni.

Lo guardò: il suo respiro era regolare, segno che era ancora immerso nel sonno. Così si sedette a cavalcioni sopra di lui, puntandogli l'arma alla gola.

«Svegliati.» gli intimò infine, afferrandogli il braccio, pronta a dar battaglia.


Dragan si svegliò. Aveva passato una notte insonne a vegliare l'amazzone: la febbre si era alzata e aveva dovuto prepararle un altro decotto, poi per fortuna era scesa prima dell'alba.

Doveva essere tardi – si disse, sentendo il sole ferirgli gli occhi socchiusi. Stava per alzarsi quando una voce furiosa lo fece tornare bruscamente alla realtà.

Aprì gli occhi di scatto e il suo sguardo assonnato si mutò in sorpresa quando vide che la guerriera gli puntava un pugnale alla gola.

«Cosa ti prende?» ruggì mentre metteva a fuoco il suo viso: i suoi occhi traboccavano di rabbia.

Seduta sopra di lui, gli teneva fermo il braccio per impedirgli di liberarsi.

Lui l'aveva curata e lei lo minacciava: se non fosse stato per la posizione di svantaggio in cui si trovava, si sarebbe messo a ridere.

Lo sdegno lo investì e Dragan provò a muovere l'altro braccio invano: con il ginocchio, infatti, la guerriera aveva subito bloccato il suo tentativo.

«Smettila!» le sibilò, cercando un modo per sottrarsi a quella stretta.

Ma l'amazzone ignorò le sue parole trafiggendolo con uno sguardo glaciale.

«Dimmi perché sono nuda.»

Dragan spostò lo sguardo sul corpo snello della guerriera che lo sovrastava: i seni piccoli e sodi si muovevano al ritmo del suo respiro mentre le natiche sfioravano la sua eccitazione.

Contro la sua volontà, sentì la parte bassa del suo corpo risvegliarsi: se l'amazzone se ne fosse accorta, si sarebbe ritrovato con la testa staccata dal collo.

Così cercò di tranquillizzarsi mentre il suo sguardo si posava sulle numerose cicatrici che le segnavano le braccia e la schiena: di certo se le era procurate durante i duri addestramenti a cui si era sottoposta.

«Ti ho curato.»

Lynn a quelle parole si sfiorò la spalla: una stretta fasciatura impediva alla ferita di sanguinare.

Quando l'aveva medicata? Non ne aveva ricordo.

«E perché mi hai tolto i vestiti?» gli domandò di nuovo, sospettosa premendo con più forza la lama della daga contro il suo collo.

«Per far scendere la febbre.»

Il tono paziente del guerriero la fece tentennare ma fu la voce di Otiria a fugare ogni suo dubbio.

«È la verità.» le confermò la principessa.

Così Lynn si alzò, allontanando la daga dal collo del gargarense.

«Non lo rifare.» lo minacciò mentre la rinfoderava.

Poi senza più guardarlo indossò rapida la veste e si diresse verso la principessa seduta ai piedi dell'albero.

«Ce la fate a camminare?» le domandò, offrendole la sua mano come sostegno.

Otiria annuì, tentando di alzarsi ma la caviglia gonfia non era in grado di reggere il suo peso: sarebbe caduta se Lynn non l'avesse afferrata.

«Non credo.» rispose affranta.

«Non preoccupatevi.» la consolò allora Lynn. «Vi aiuterò io.»

Passò un braccio della principessa dietro il proprio collo poi si preparò a sostenere il suo peso.

Con la coda dell'occhio vide il gargarense avvicinarsi ma continuò a ignorarlo. Il guerriero però non era dello stesso avviso: si fermò davanti a lei e dopo averla studiata con sguardo critico, la rimproverò con voce dura.

«Sei ancora debole.»

Infastidita dalla verità delle sue parole, Lynn si girò per fronteggiarlo.

«Sono in grado di aiutarla gargarense.» ribadì mentre l'orgoglio trapelava dalla sua voce. «Sono una guerriera.»

Dragan scosse il capo, stizzito per la sua testardaggine: che si stancasse pure, a lui non interessava. Così si affrettò a vestirsi mentre la guerriera aiutava la principessa ad alzarsi.

Otiria barcollò ma dopo qualche passo riuscì a essere più stabile. Così ripresero il cammino.

La foresta si era fatta più fitta; la vegetazione impediva ai raggi del sole di penetrare e gli arbusti li rallentavano: si prospettava una lunga marcia.

Dragan si muoveva guardingo, tenendosi a distanza dalle due giovani, per cogliere ogni minimo rumore; sembravano essere i soli a vagare tra gli alberi ma dovevano restare all'erta. Gli sciti potevano raggiungerli in qualsiasi momento.

Per l'ennesima volta si fermò ad ascoltare i suoni circostanti e uno sciabordio attirò la sua attenzione: lì vicino scorreva il ruscello da cui aveva attinto l'acqua durante la notte.

Sentì il bisogno impellente di fare un bagno: la giornata era calda e aveva bisogno di togliersi di dosso il fango e l'odore del sangue.

In più la caviglia della principessa aveva bisogno di riposo. Dragan aveva notato la sua andatura farsi sempre più incerta. Dovevano fermarsi.

Stava per attirare l'attenzione della riottosa guerriera quando la vide cambiare direzione. Anche lei doveva essersi accorta del rumore dell'acqua che scorreva e sembrava trovare utile l'idea di dirigersi verso di essa.


«Ci siamo quasi.»

La principessa riprese il suo incedere zoppicante e Lynn la sostenne mentre cercava con lo sguardo il ruscello: l'acqua avrebbe aiutato la caviglia della giovane a sgonfiarsi.

Superarono alcuni arbusti e la sponda si palesò davanti a loro.

Il corso d'acqua scorreva calmo, attraversando la foresta per poi perdersi tra gli alberi: sembrava che nessun pericolo turbasse la quiete di quel posto. Così aiutò Otiria ad avvicinarsi.

La fece sedere su uno dei massi presenti e dopo averle sollevato con delicatezza la caviglia la aiutò ad immergerla nell'acqua.

Mentre le massaggiava la zona dolorante, come le aveva insegnato Ivres, avvertì una presenza poco distante.

Il gargarense si era avvicinato in silenzio alla sponda e dopo aver posato la spada a terra, aveva cominciato a togliersi la tunica.

Sentì qualcosa scuoterle il ventre ma la rabbia prese il sopravvento cancellando qualsiasi altra emozione.

Si stava spogliando davanti a loro!

Rimase incredula ad osservare il gargarense denudare il petto e le braccia, per poi passare alle gambe.

«Non guardate!» ordinò quindi a Otiria. La principessa era ancora innocente e non intendeva permettere al gargarense di sconvolgerla.

Avrebbe voluto dirgli qualcosa ma si trattenne: non gli avrebbe dato la soddisfazione di fargli sapere che il suo gesto l'aveva infastidita.

Così tornò a massaggiare la caviglia della principessa. Una volta finito, si alzò in piedi e si asciugò il sudore dalla fronte.

La ferita sul braccio le pulsava e il sudore dovuto alla febbre le si era appiccicato alla pelle; anche lei aveva bisogno di rinfrescarsi.

«Aspettatemi qui. Sarò di ritorno a breve.» raccomandò a Otiria che era tornata a immergere il piede nell'acqua.

Poi seguì per un breve tratto il corso del ruscello fino a quando non scorse un albero che, con i suoi grossi rami, l'avrebbe nascosta alla vista di chiunque.

Era il luogo ideale: avrebbe preservato la sua intimità e le avrebbe permesso di tenere d'occhio la principessa.

Così si slacciò la veste e dopo averla posata ai piedi del tronco entrò nel fiumiciattolo.

L'acqua le lambì i piedi e le cosce in una fresca carezza e Lynn sospirò per il piacere.

S'inginocchiò e cominciò a lavarsi la schiena e le braccia: voleva godersi quell'attimo di libertà prima di tornare a concentrarsi sulla sua difficile missione.

Dovevano arrivare al Tempio Sacro il prima possibile: solo lì la principessa sarebbe stata al sicuro.

Chiuse gli occhi per scacciare i pensieri cupi e il corpo asciutto del gargarense le tornò alla mente. Il pensiero che il guerriero aveva dormito vicino a lei mentre non era cosciente la infastidiva: odiava farsi vedere vulnerabile.

Stizzita con sé stessa per ciò che era accaduto, si alzò e si diresse verso la riva.

Stava per uscire dall'acqua quando il suo piede urtò contro qualcosa di solido e Lynn si bloccò, con i sensi all'erta. Intorno era tutto tranquillo, doveva essersi trattato di un pesce. Tuttavia, la sensazione di allarme non la abbandonò. Qualcosa non andava. Doveva rivestirsi e tornare subito da Otiria.

Indossò rapida la veste e raccolse le armi.

Aveva fatto solo pochi passi quando si trovò davanti il gargarense.

Dragan incrociò lo sguardo battagliero dell'amazzone: i suoi occhi chiari erano intrisi di preoccupazione.

Mosse un altro passo, affrettandosi a proseguire. Non era capitato lì di proposito: si era messo a nuotare lasciandosi trascinare dalla corrente e dopo essere uscito dall'acqua si era accorto che tutto era troppo tranquillo.

Dei corvi si erano alzati in volo di scatto, gracchiando in cerchio vicino al punto in cui avevano lasciato la principessa. Qualcosa li aveva disturbati.

Vide l'amazzone sguainare la spada e dirigersi correndo verso di loro.

Così afferrò la spada a sua volta e la seguì.

Otiria era in pericolo e Lynn si maledì per averla lasciata da sola: non avrebbe mai dovuto allontanarsi.

Così aumentò il passo e quando arrivò sulla sponda il suo sguardo volò nel punto dove la principessa era seduta fino a pochi istanti prima. Al suo posto uno scita sghignazzava pronto a lanciarsi all'attacco.

Lynn strinse con forza l'elsa della spada e si diresse verso di lui, poi caricò il colpo che si abbatté con forza sull'avversario. Si stava preparando a menare un nuovo fendente quando un rumore di zoccoli la fece girare di scatto.

Un secondo inseguitore avanzava al galoppo verso di lei: la guerriera si preparò ad affrontarlo ma il gargarense fu più rapido: si parò davanti a lei disarcionando l'avversario prima che questi riuscisse di colpirla. Poi sguainò la spada a sua volta iniziando il combattimento.

Lynn lo osservò attenta: i suoi movimenti erano rapidi, decisi e altrettanto letali: poche mosse e l'inseguitore giaceva a terra, morto.

A quel punto Lynn tornò a concentrarsi sul suo avversario: dopo una serie di potenti parate lo colpì alla nuca facendolo accasciare a terra.

Rinfoderò subito la spada e si girò cercando la principessa con lo sguardo ma di lei non c'era traccia.

Il gargarense, intanto, si era inginocchiato a terra e Lynn perse un battito al pensiero che potesse essere ferito; quando lo raggiunse però vide che stava semplicemente esaminando i segni lasciati dai loro inseguitori.

«Erano in quattro.» le disse. «L'hanno portata via a cavallo.»

«Dobbiamo inseguirli.» dichiarò lei, battagliera. Poi corse nella direzione che indicavano le tracce.

Risoluta si inoltrò nella foresta, decisa a non fermarsi fino a quando non avesse raggiunto la principessa e per l'ennesima volta si maledì: se non si fosse distratta tutto ciò non sarebbe successo.

Il gargarense, intanto, si muoveva rapido a pochi passi da lei e inaspettatamente la sua voce pacata le giunse all'orecchio.

«La troveremo.»

Il tono rassicurante attenuò parte del panico che l'attanagliava: temeva la sorte che sarebbe toccata ad Otiria in mano nemica.

Così si girò a guardarlo e restò colpita dalla sua espressione risoluta.

«Perché lo fai gargarense?» gli domandò allora. «Non hai motivo di aiutarmi.»

Dragan ricambiò il suo sguardo senza esitare: non gli importava del destino delle amazzoni ma la principessa era gentile e l'innocenza traspariva da ogni suo gesto. Non avrebbe potuto far finta di nulla e lasciarla alla mercé dei suoi rapitori: il suo senso dell'onore non glielo permetteva.

Inoltre, doveva proteggere il suo villaggio e solo scoprendo i piani di conquista degli sciti sarebbe riuscito a farlo.

Così si limitò a ribadire. «Ho i miei motivi.» E senza esitazione si inoltrò ancora di più nella foresta.

Lynn annuì e non aggiunse altro: avrebbe scoperto poi i reali motivi per cui la stava aiutando.

Non si fidava di lui ma adesso la sua priorità era salvare Otiria; così si limitò a sorpassarlo per continuare l'inseguimento. Avrebbero rintracciato gli sciti prima che il sole tramontasse poi avrebbe condotto la principessa al sicuro tra le mura del tempio.

7

Quando un nitrito scalfì l'aria, Lynn arrestò la sua corsa cercando di capire da dove provenisse.

Era la prima volta che si fermava da quando avevano cominciato l'inseguimento e ne approfittò per riprendere fiato.

Alle sue spalle il gargarense la imitò, facendo altrettanto.

Il sole intanto stava calando all'orizzonte, riempiendo il cielo con la sua luce rossastra per lasciare il posto alle ombre che, implacabili, cominciavano a nascondere le tracce che stavano seguendo.

Avevano poco tempo per riprendere il cammino: così si inginocchiò, accostando l'orecchio al suolo.

Dei colpi ritmici scuotevano la terra: risuonavano rapidi, talmente colmi d'impazienza e di paura che Lynn sentì strisciarle addosso una sorta d'impazienza: l'animale doveva trovarsi lì vicino.

«Da questa parte.» disse allora rialzandosi, indicando la direzione con un braccio. Poi estrasse la daga e si diresse verso la fila di cespugli.

Dragan la seguì restando in allerta, chiunque fosse avrebbe potuto attaccarli in qualsiasi momento.

«Fai attenzione.»

L'amazzone annuì con un cenno, facendogli capire di aver udito l'avvertimento per poi inoltrarsi cautamente tra gli arbusti: doveva evitare qualsiasi rumore per non spaventare l'animale e rivelare la sua posizione.

Così si abbassò per nascondersi e Dragan fece altrettanto: erano talmente vicini che le loro pelli si sfioravano. Lynn sentì i brividi correrle lungo il braccio ma scosse il capo per ignorare la sensazione che ne seguì: non doveva distrarsi.

Trattenne il fiato e uscì dal cespuglio pronta a fronteggiare il nemico: tutto ciò che si trovò davanti però fu uno stallone dal manto scuro che si agitava inquieto.

*Aveva lo sguardo spaventato* – notò subito Lynn e scalciava pronto a colpire qualunque cosa gli capitasse vicino.

Così non si mosse guardandosi intorno per scorgere colui che lo cavalcava, invano. Era sellato ma sembrava essere stato abbandonato dal suo stesso proprietario.

Avrebbero potuto cavalcarlo: in questo modo avrebbero viaggiato più rapidamente – decise.

Fece per avvicinarsi ma prima che potesse muovere un solo passo il gargarense la fermò, afferrandole il braccio.

«Aspetta. Potrebbe essere pericoloso.» disse indicando con un cenno l'animale che non accennava a tranquillizzarsi.

Lynn per tutta risposta lo inchiodò con lo sguardo.

«So come calmare un cavallo. Non corro nessun rischio.»

Così dicendo si liberò della stretta e riprese ad avanzare. Sentì il guerriero sbuffare dietro di lei ma ignorò la sua reazione: i cavalli erano i fedeli compagni di un'amazzone e come tale l'avrebbe trattato.

Si avvicinò lentamente e una volta che fu all'altezza del muso dell'animale si fermò. I loro sguardi si incrociarono mentre Lynn, i palmi rivolti verso l'altro, cercava di trasmettergli le sue intenzioni amichevoli. Quando seguitò ad avanzare con passo sicuro per sfiorargli il manto con le dita il cavallo nitrì alzandosi sulle zampe posteriori: Lynn si rifiutò di indietreggiare mentre scorgeva un movimento alle sue spalle. S'impose di ignorarlo: non doveva perdere la concentrazione. Così proseguì nella carezza sussurrando parole dolci e lo stallone dopo un attimo di incertezza cominciò a tranquillizzarsi.

Solo allora Lynn gli cinse il collo con un braccio appoggiando la guancia sul suo muso: lui l'annusò: la curiosità aveva sostituito lo spavento.

Sicura che l'animale ora era tranquillo Lynn si girò verso il punto in cui aveva lasciato il gargarense: questi, nel frattempo, si era spostato fino a trovarsi a metà strada tra lei e i cespugli; i muscoli tesi, sembrava pronto a scattare.

A quella vista l'amazzone non poté fare a meno di sorridere: come se la sarebbe cavata il guerriero contro un cavallo imbizzarrito?

L'attimo di divertimento passò e subito la preoccupazione riempì i suoi pensieri: così si apprestò a montare in sella.

«Con lui andremo più veloci.» spiegò.

Dragan annuì e si affrettò a posizionarsi dietro di lei. Quando fece per prendere le redini però lei gliele sottrasse.

«Ci penso io.»

Il gargarense scosse il capo facendo percepire il fastidio che provava ma Lynn decise di ignorarlo: doveva capire con chi aveva a che fare.

Il movimento del cavallo intanto aveva fatto aderire la sua schiena al petto del guerriero e lei cercò di ritrarsi, colta da improvvisa timidezza.

Così si scostò bruscamente cercando di limitare il contatto e si concentrò sull'inseguimento.

Dragan strinse i denti: quella di cavalcare l'animale non era stata una grande idea.

La vicinanza fisica con il corpo dell'amazzone lo infastidiva: gli ricordava le notti passate nei boschi, momenti che cercava duramente di dimenticare per il controllo che non era riuscito a mantenere.

Cercò di concentrare i pensieri su qualcos'altro mentre la guerriera si spostava, concedendogli la distanza che agognava.

Era rimasto colpito da ciò che aveva assistito: aveva apprezzato il coraggio dell'amazzone ed era rimasto stupito dal tono dolce con cui si era rivolta al cavallo. La guerriera si era mostrata ben diversa da come appariva, svelando il lato sensibile.

*Doveva smetterla.* - si rimproverò mentre l'antico odio per il popolo guerriero tornava ad invaderlo. Le amazzoni non erano altro che spietate guerriere che non si curavano di nulla e di nessuno; il piccolo Fergus ne era la prova.

Aveva avuto un attimo di debolezza cercando di vedere del buono in loro ma da adesso in poi non sarebbe più accaduto: avrebbe trovato gli sciti e scoperto le loro intenzioni, poi avrebbe fatto ritorno al suo villaggio.

Quando decisero di fermarsi, il sole era già calato all'orizzonte e l'aria si era fatta più fresca.

Lynn rabbrividì mentre si apprestava a pulire il coniglio che aveva cacciato: il guerriero, intanto, aveva acceso il fuoco e stava cuocendo la sua preda.

Lynn lo osservò in silenzio: i muscoli delle braccia rilucevano al calore delle fiamme, illuminandogli parte del viso. Cominciava ad intravedersi un accenno di barba mentre gli occhi scuri erano persi in chissà quali pensieri.

L'amazzone scoprì che avrebbe voluto conoscerli: colui che le stava davanti era uno sconosciuto.

Non aveva mai avuto a che fare con gli uomini ma quel viaggio avrebbe potuto permetterle di scoprire come erano fatti.

La timidezza però tornò ad invaderla, impedendogli di formulare ciò che avrebbe voluto chiedergli. Così si limitò a fissarlo studiando i suoi movimenti.

Inaspettatamente, fu lui a parlarle.

«Qual è il tuo nome?» le domandò.

«Il mio nome è Lynn, guerriero. Qual è invece il tuo?»

«Dragan.» rispose.

«Dragan… farò io la guardia per questa notte.» lo avvisò.

Aveva notato le sue occhiaie: per curarla doveva aver passato la notte insonne.

A quel pensiero una sensazione di calore la avvolse: il fatto che qualcuno si fosse occupato di lei le era estraneo. Durante l'addestramento si era sempre curata da sola le ferite: un'amazzone non doveva dipendere da nessuno.

Lynn avrebbe voluto ringraziare il guerriero ma l'orgoglio glielo impedì.

Così si ritrovò a riflettere su di lui: nonostante più volte avesse manifestato il disprezzo per il suo popolo il fatto che l'avesse curata faceva trasparire un lato di lui che sembrava essere ben celato: sapeva essere gentile, paziente. Caratteristiche che Lynn non pensava appartenessero ad un guerriero.

Dragan, nel frattempo, aveva spento il fuoco e si era sdraiato.

Non avrebbe voluto permettere che fosse la guerriera a vegliare sul suo sonno ma la stanchezza stava prendendo il sopravvento: aveva bisogno di concedersi alcune ore di riposo.

«Ti darò il cambio tra qualche ora.» le disse quindi. Poi chiuse gli occhi pensando che, in fondo, avere un'amazzone come compagna di viaggio poteva essere utile.




«Siamo nel territorio dei Frigi.» annunciò Lynn, facendo fermare lo stallone: riusciva a intravedere i tetti delle capanne del villaggio farsi strada tra il fogliame.

Esitò incerta sul da farsi; con ogni probabilità gli sciti avevano sostato lì durante la notte.

I frigi però, nonostante condividessero il culto della dea Madre, erano nemici delle amazzoni: più volte avevano combattuto gli uni contro gli altri e ad entrambi i popoli era vietato l'accesso alle rispettive terre.

Lynn era restia ad avventurarcisi ma coloro a cui davano la caccia erano passati di là. Così fece per spronare l'animale ma la voce del gargarense la fermò.

«Aspetta.»

Dragan la fissò per un lungo istante poi scosse il capo.

«Non puoi entrare nel villaggio vestita così. Capiranno che sei un'amazzone e ci attaccheranno.»

Così dicendo si apprestò a smontare dal cavallo e una volta a terra le parlò di nuovo.

«Devi cambiarti. Procurerò qualcosa di adatto.»

Poi, senza aspettare una risposta, si coprì il volto con il cappuccio e si inoltrò in mezzo al fogliame in direzione delle capanne.

Lynn rimase ad osservare il punto in cui la sua schiena era svanita, sperando di vederlo tornare il prima possibile. Era una sosta necessaria ma così facendo avrebbero concesso un maggior vantaggio ai rapitori.

Il suo pensiero andò a Otiria: con lei in mano ai nemici sarebbe stato difficile riconquistare Temiscira.

Dovevano liberarla il prima possibile.

Dragan uscì dagli alberi e si diresse con passo sicuro verso il villaggio.

Grazie al suo ruolo di spia, aveva da tempo imparato a celare la sua presenza agli occhi degli altri.

Si muoveva rapido, attento a non farsi scoprire: aveva con sé solo una manciata di monete che sarebbero servite per barattare un riparo per la notte e non poteva spenderle per una veste: così si avvicinò di soppiatto ad una delle capanne più isolate.

Vicino ad essa, un'anziana frisa stava appendendo alcuni panni. Così aspettò nascosto, fino a quando la donna terminò di svolgere il suo compito.

Solo quando la vide rientrare all'interno dell'abitazione, uscì allo scoperto.

Dopo essersi accertato che non ci fosse nessun altro, Dragan si diresse verso i fili sopra i quali erano stesi gli indumenti e afferrò la veste più vicina. Poi si affrettò ad allontanarsi prima che qualcuno si accorgesse del furto.

Solo quando la vegetazione della foresta tornò a nasconderlo, rallentò il passo, dirigendosi verso il punto in cui aveva lasciato l'amazzone.

Grazie a quella veste sarebbero potuti entrare nel villaggio senza destare sospetti e cercare tracce degli sciti in fuga.

Avrebbero però dovuto essere cauti: alla prima mossa falsa i frigi si sarebbero insospettiti.

I visitatori, infatti, erano rari nei villaggi: avrebbero dovuto trovare una valida scusa per giustificare la loro presenza.

Mentre la sagoma della guerriera iniziava a distinguersi tra la vegetazione, un'idea prese forma nella sua mente.

Convincere la guerriera a seguirla, però, non sarebbe stato facile. Così decise di non renderla partecipe fino a quando non si fosse rivelato necessario.

Mentre copriva gli ultimi passi che lo separavano da lei, Dragan sperò che l'orgoglio della guerriera non avesse la meglio sulla ragione.


«Cambiati.» la esortò il guerriero. Poi si girò per lasciarle l'intimità necessaria.

Lynn vide le sue spalle irrigidirsi mentre prendeva la veste e ne esaminava il tessuto: era di colore scuro e di semplice fattura.

Esitò, incerta: togliersi la tunica da amazzone per indossarne una da semplice donna le sembrava un insulto alla sua natura di guerriera.

Ma non aveva altra scelta se voleva salvare la principessa.

Così strinse il pugno mentre la sua mano slacciava i lembi che la chiudevano. Il tessuto cadde a terra portando con sé i suoi pensieri e Lynn si affrettò a rivestirsi mentre con una rapida occhiata controllava che il guerriero non si voltasse.

Ma Dragan non lo fece: restava immobile in attesa di un suo cenno.

Lynn se ne sorprese: i pochi uomini storpi presenti a Temiscira lanciavano sguardi e occhiate lascive non appena se ne presentava l'occasione.

Il guerriero, tuttavia, sembrava comportarsi in modo diverso: anche durante il loro incontro al ruscello aveva esitato trovandosela davanti.

Scosse il capo per scacciare l'incertezza. Non era il momento di riflettere sulla natura di un uomo.

«Sono pronta.» esclamò allora avvicinandosi.

Dragan si girò e Lynn vide i suoi occhi scuri posarsi su di lei: sentiva il suo sguardo bruciarle sulla pelle assieme all'imbarazzo: senza la sua veste da guerriera si sentiva esposta. Era una sensazione che non le piaceva ma avrebbe dovuto abituarsi.

«Andiamo.» esordì allora per distogliere l'attenzione da lei.

Si incamminò verso lo stallone montando in sella e poco dopo sentì la solida presenza del gargarense dietro di lei.

Stava per prendere le redini quando Dragan la fermò.

«No.»

Lynn sentì le sue dita che le stringevano la mano.

«Se le tieni tu, i frigi si insospettiranno.» le spiegò piano.

Lynn fece per protestare ma si trattenne. Aveva ragione: una comune donna non conduceva una cavalcatura. Così gli passò le redini e Dragan spronò il cavallo al trotto.

Mentre il villaggio si faceva più vicino, sperò che il suo piano andasse a buon fine.



Quando arrivarono alla fine del sentiero che conduceva al villaggio Dragan scese dallo stallone, poi aiutò l'amazzone a fare lo stesso. Sentì su di sé il suo sguardo stupito ma cercò di ignorarlo.

La sollevò senza sforzo e in quel momento si rese conto di quanto fosse esile: nonostante il duro addestramento a cui si era sottoposta rimaneva pur sempre una donna.

Non appena i suoi piedi toccarono terra si affrettò a liberarla della presa.

«Dobbiamo trovare informazioni e un riparo per la notte.» le disse poi, certo che non avrebbe gradito la sosta.

Il villaggio era deserto: il sole era prossimo al tramonto e i contadini si erano riparati all'interno delle loro capanne per prepararsi al desinare.

Dragan studiò con lo sguardo le stradine vuote e grazie alla sua vista acuta, scorse in lontananza un anziano che con un fascio di spighe sulle spalle, ritornava a passo lento dai campi.

Questi vedendoli si avvicinò e una che fu davanti a loro, li squadrò da capo a piedi con un misto di sospetto e curiosità.

Dragan si sentì osservare dal suo sguardo acuto. Il volto rugoso dell'anziano era solcato da numerose cicatrici e il suo istinto gli suggerì che in tempi passati, l'uomo era stato un guerriero. Doveva prestare attenzione a ciò che sarebbe stato detto.

«Sto cercando un tetto per la notte per me e per la mia sposa.» spiegò allora.

Avvertì l'amazzone dietro di lui irrigidirsi, ciò nonostante, continuò a discorrere con il vecchio.

«I nostri compagni ci hanno preceduto nel cammino. Li avete visti passare?»

Aveva usato un tono leggero, sperando che così l'anziano prendesse per veritiere le sue parole.

L'uomo annuì.

«Sono arrivati qui la notte scorsa ma sono partiti prima che sorgesse l'alba. Sembravano avere una gran fretta.» aggiunse pensieroso.

Dragan cercò di mantenere sul volto un'espressione tranquilla mentre stringeva le dita dell'amazzone tra le sue. Non poteva permetterle di allontanarsi.

La sentì tentare di divincolarsi prima di rassegnarsi.

«La mia sposa è impaziente di raggiungere la sorella.» spiegò allora, per giustificare l'agitazione che aveva sfiorato il volto della guerriera.

«Ma nelle sue condizioni sarebbe preferibile sostare al villaggio per la notte. Sempre che ciò sia possibile.» aggiunse incerto.

L'anziano li osservò in silenzio per qualche istante, infine annuì.

«C'è una capanna ai margini del villaggio. La uso per riporre gli attrezzi. Potete dormire li."»

«Vi ringrazio.»

Il vecchio indicò loro di seguirlo e Dragan si mosse, costringendo Lynn a fare altrettanto.


Non appena Dragan mise piede nella capanna, l'amazzone si scagliò contro di lui.

«Sposa?» sibilò.

La postura combattiva e il suo sguardo non facevano presagire nulla di buono. Dragan però si costrinse alla pazienza: per fortuna la giovane non era armata; avevano infatti lasciato l'ascia e la spada nella foresta per evitare sospetti.

Si avvicinò ma, prima che potesse, parlare la guerriera lo anticipò.

«Cosa significa?»

Dragan poteva percepire le ondate di collera che le scuotevano la pelle.

«E meglio che i frigi credano che sia così se vogliamo evitare problemi. E grazie a questo ora sappiamo che gli sciti sono passati di qua.» le spiegò.

Lynn lo guardò mentre l'irrequietezza e la rabbia le scorrevano nelle vene: ogni istante di esitazione non faceva altro che allontanarli da Otiria.

«Dobbiamo partire subito.» incalzò allora. «Se proseguiamo adesso potremmo raggiungerli.»

Stava per dirigersi alla porta ma la mano di Dragan afferrò di nuovo la sua.

Alzò lo sguardo incontrando i suoi occhi scuri: erano insondabili ma Lynn poteva percepire la loro forza. Le sue dita, intanto, le avevano stretto il polso con fermezza.

Fece per divincolarsi ma ancora una volta lui non glielo permise.

«Non stasera. Abbiamo bisogno di riposo se vogliamo affrontarli. Anche loro faranno lo stesso.» aggiunse sicuro.

Lynn scosse il capo, rifiutandosi di capire. Se lui voleva riposarsi che lo facesse pure. Lei non avrebbe perso tempo.

Così, con un movimento agile, ruotò il braccio costringendolo a mollare la presa.

Lo sentì imprecare ma non se ne curò. Si diresse invece senza esitazione verso l'ingresso della capanna.


La porta girò sui cardini ma, prima che potesse fare un altro passo, una mano si appoggiò con forza contro il legno facendola richiudere.

Lynn si preparò ad affrontare il guerriero che le impediva di fare ciò che aveva deciso e i loro sguardi si sfidarono in una lotta silenziosa.

Dragan, il volto parzialmente nascosto nell'ombra, la guardava con un misto di risolutezza e pericolosità. I suoi occhi lanciavano chiari segni di avvertimento mentre il suo braccio la costringeva con la schiena contro la porta, sbarrandole il passo senza tuttavia toccarla.

Se avesse tentato di uscire però, Lynn sapeva che l'avrebbe fermata con la forza.

A quel pensiero la rabbia che provava si intensificò: non aveva alcun diritto di impedirle di fare ciò che voleva; erano solo compagni di viaggio.

«Le mie sorelle avevano ragione.» sibilò allora amara.

A quelle parole gli occhi del guerriero mostrarono una parvenza di confusione che però lui fu abile a nascondere.

Lynn tentò di scostarsi con una smorfia: non avrebbe sopportato il suo tocco su di lei. La volontà di imporsi, tipica degli uomini, le faceva venire il voltastomaco: non era diverso dagli sciti.

Fece per muoversi ma il corpo del gargarense la seguì nel movimento.

«Spostati.» gli intimò allora preparandosi ad affrontarlo.

«No.» rispose Dragan guardandola con gravità.

Il tono serio con cui le aveva parlato fece vacillare la sua decisione ma subito Lynn scosse il capo per scacciare l'incertezza.

Era esausta era vero, i muscoli le dolevano per le lunghe ore passate a cavallo e la ferita al braccio pulsava ma non si sarebbe concessa il riposo fino a quando non avesse avuto la principessa con sé.

Così si irrigidì pronta alla lotta: fletté il braccio destro e si preparò a sferrare il colpo.

Il pugno sibilò nell'aria ma Dragan fu rapido a schivarlo: si gettò di lato per poi mettersi in posizione di difesa.

«Non voglio lottare con te.» replicò. Ed era vero: non avrebbe mai alzato una mano su una donna.

La vide trattenere il fiato mentre il suo volto si faceva più pallido.

«È la ferita?» le domandò. Si mosse per esaminarla ma lei si ritrasse come se si fosse scottata.

«Non mi toccare.»

Dragan ignorò l'ostilità che la guerriera gli mostrava mentre lasciava che il braccio gli ricadesse inerme lungo il fianco: l'amazzone in quel momento era come un animale braccato.

«Non dovresti sforzarla.» le disse allora. Potrebbe riaprirsi.»

La guerriera non rispose e Dragan scosse il capo: non sapeva come comportarsi con lei e non era dotato della pazienza necessaria a scoprirlo; tuttavia, doveva convincerla a restare e riposarsi.

Anche se nascoste dall'ombra che avvolgeva la capanna, le occhiaie sotto i suoi occhi erano ben visibili.

Lynn imprecò silenziosamente mentre cercava una via d'uscita. Senza farsi notare aveva avvicinato le dita al gancio che teneva la porta. Uno sguardo nella direzione del guerriero però le fece capire che aveva compreso le sue intenzioni. Non le restava altra scelta.

«Mi dispiace.» disse allora. Nonostante la rabbia che provava nei confronti del gargarense, rimase stupita nello scoprire che era davvero così.

Il guerriero fece per ribattere ma Lynn non glielo permise. Si accasciò al suolo tenendosi il braccio ferito. Poi, non appena lui fece per inginocchiarsi, lo colpì.


Il pugno gli centrò lo stomaco mozzandogli il fiato.

Dragan boccheggiò in preda al dolore mentre tentava di far entrare l'aria nei polmoni.

Maledetta! Se n'era andata!

Corse fuori: doveva fermarla prima che la sua testardaggine li facesse ammazzare.

Era veloce ma lui la raggiunse in poche falcate.

Quando lei si girò, il suo sguardo risoluto gli disse che era pronta a colpirlo di nuovo.

Dragan però glielo impedì: bloccò la sua mano contro la sua, poi caricò il colpo attento a dosare la forza.

Il pugno la colpì alle costole, facendola accasciare. Senza darle il tempo di riprendersi, se la caricò sbrigativamente in spalla.

Si diresse velocemente verso la capanna, ignorando i pugni e i calci con i quali l'amazzone cercava di colpirlo e solo quando fu tornato dentro si permise di riprendere fiato: per fortuna nessuno aveva assistito alla scena.

«Lasciami andare.»

La voce della guerriera era letale e Dragan l'accontentò senza troppe cerimonie, gettandola sulla paglia che fungeva da letto: era stanco di discutere così come della sua testardaggine.

Poi le diede le spalle e Lynn lo osservò mentre si dirigeva nell'angolo dove giacevano accatastati gli utensili.

Quando tornò verso di lei, una fune spessa scivolava minacciosa dalla sua mano.

«Cosa?» bisbigliò.

Non fece in tempo a finire di parlare che si ritrovò bloccata sotto il suo peso. Si divincolò con tutte le sue forze, invano.

Con una stretta ferrea il guerriero le aveva bloccato i polsi mentre con l'altra mano aveva cominciato a legarle le braccia e le caviglie.

«Non mi hai lasciato altra scelta.» chiarì lui poco dopo lasciandola libera. Poi la ignorò spostandosi verso l'unico mobile della stanza sul quale era appoggiato un secchio d'acqua.

«Me la pagherai per questo.» gli disse lei in risposta.

Ma Dragan si limitò ad alzare le spalle. Poi si sfilò la tunica e le braghe rivelando le spalle robuste e i fianchi snelli.

Lynn restò immobile a guardarlo mentre con una pezza lavava via la terra e la sabbia che si erano attaccate alla pelle.

I muscoli delle braccia si flettevano ad ogni movimento e la schiena robusta era piena di cicatrici. Emanava un'aura di forza e solidità che la intimoriva.

Si maledì. Spogliata della sua veste di amazzone si sentiva più vulnerabile.

Era una cosa che non doveva succedere: non lo avrebbe permesso a sé stessa. Così chiuse gli occhi nascondendo il corpo del guerriero al suo sguardo.

Si concentrò sul silenzio ma le gocce d'acqua che scivolavano lungo il suo corpo erano una potente distrazione. Perciò si impedì di guardare: nel suo cuore non ci sarebbe stato spazio per nient'altro che per la rabbia. Il guerriero l'aveva legata con la forza ignorando la sua volontà, impedendole di fare ciò che si era prefissa. Non meritava la sua attenzione, il suo perdono.

Immersa com'era in quel vortice di sensazioni non si accorse del silenzio che improvvisamente era calato nella stanza.

Anche senza vedere però, percepì la solida presenza di Dragan vicino a lei.

Quando lo sentì muoversi, si spostò sul giaciglio tentando di allontanarsi.

Poco dopo la paglia scricchiolò sotto il suo peso. Si era seduto.

«Ho finito. Puoi aprire gli occhi.»

La calma che percepiva nella voce del guerriero la infastidì, alimentando la rabbia che la consumava. Avrebbe voluto colpirlo.

«Maledizione!» imprecò mentre scalciava verso il corpo del guerriero. «Liberami.»

I suoi piedi, però, incontrarono il vuoto.

«Non posso farlo.»

Lynn si bloccò mentre il dispiacere che impregnava le sue parole la invadeva.

Intrepidi, i suoi occhi sfiorarono il volto del guerriero, la sua mascella dura, il labbro tirato mentre lui la fissava di rimando, senza vacillare.

Non era un avversario che avrebbe sconfitto facilmente: non in quelle condizioni. Allora l'avrebbe ferito nell'unico modo in cui le era possibile farlo, con le parole.

«Sei un vigliacco.» gli sputò addosso.

Lo sdegno che la scuoteva si rifletté nelle sue parole e il guerriero sussultò.

Il suo braccio si mosse fino a stringere quello di lei mentre i suoi occhi trasmettevano un muto avvertimento. Come un animale pericoloso la inchiodò con lo sguardo e Lynn si sentì gelare ma qualcosa dentro di lei le impedì di farsi piegare: così lo spintonò urtandolo con tutta la forza che aveva in corpo.

«Liberami!» gli ordinò.

Dragan serrò la mascella, tentando di placare la rabbia.

Il pensiero di liberare l'amazzone lo tentava: avrebbe potuto lasciarla indietro per compiere in solitudine il compito che si era prefissato.

Non aveva alcun desiderio di condividere con lei più tempo di quello necessario: che andasse pure incontro al suo destino nefasto senza di lui.

Tuttavia, prima, dovevano raggiungere gli sciti in fuga.

Così fece dei respiri profondi per placare le ondate di collera che lo scuotevano.

Solo quando fu certo di aver ritrovato il controllo, lasciò che i suoi occhi scuri si posassero di nuovo sul volto della giovane guerriera.

Le ombre della sera erano sopraggiunte, impedendogli di scorgere la sua espressione ma anche a quella distanza Dragan riuscì a percepire lo sguardo pieno di rancore che l'amazzone gli rivolse.

«Partiremo prima che sorga il sole.» stabilì allora, dandole le spalle.

Il suo tono risoluto echeggiò nella stanza mentre la guerriera rimaneva chiusa nel suo ostinato silenzio.

Così Dragan liberò il fiato che non si era accorto di trattenere, poi senza più voltarsi indietro, si diresse fuori dalla capanna.


Il frinire dei grilli risuonava nella notte e Lynn si lasciò avvolgere dalla calma quiete che il loro canto le trasmetteva.

Sdraiata sulla paglia che costituiva il suo giaciglio, lasciò che il ricordo delle notti passate insieme alle compagne le sfiorasse la mente.

In primavera le amazzoni erano solite radunarsi sulle cime delle colline che circondavano Temiscira e sedute sui loro freschi prati illuminati dalle stelle, aspettavano di udire le voci delle anziane che si levavano, narrando le antiche storie delle loro predecessori.

Per diverse notti, in sogno, Lynn aveva rivissuto le loro eroiche gesta.

Quando era ancora una semplice novizia nutriva la segreta speranza che un giorno qualcuno avrebbe raccontato le sue ma da quando aveva superato la prova per diventare un'amazzone, niente di ciò che aveva sperato si era realizzato.

Temiscira era stata attaccata e la regina Pentesilea aveva perso la vita.

Chiuse gli occhi per scacciare il dolore: non era ancora il tempo di piangere la sua morte. Prima avrebbe dovuto salvare la principessa e aiutare le compagne a riconquistare la loro casa.

Le corde che le legavano i polsi le sfregavano la pelle, ricordandole che per quella notte non avrebbe potuto seguire le tracce degli invasori.

Odiava il gargarense per averglielo impedito ma una parte di lei sapeva che il riposo avrebbe giovato ad entrambi. Così lasciò che il sonno le appesantisse le membra.

Prima di scivolare nell'incoscienza, Lynn giurò che non avrebbe permesso più a nessuno di frenarla dai suoi propositi.

8

Uno sottile strato di brina ricopriva i prati.

Dragan incitò il cavallo al trotto. Gli zoccoli dello stallone calpestavano il terreno, producendo tonfi che spezzavano il silenzio mentre la tenue luce dell'alba, illuminava fioca lo stretto sentiero che stavano percorrendo.

Quando erano partiti, il sole non era ancora sorto.

Dragan aveva trascorso la notte all'aperto, sdraiato tra le radici di un imponente albero; solo quando la luna aveva cominciato la sua discesa verso la terra, era entrato nella capanna dove dormiva la guerriera.

L'amazzone era sveglia e l'aveva accolto con uno sguardo pieno di odio.

Senza indugiare, l'aveva liberata dalle corde che le legavano i polsi e in silenzio avevano recuperato il cavallo: dovevano attraversare le terre dei frigi il più rapidamente possibile.

Non sarebbero stati al sicuro fino a quando non avessero raggiunto il confine: in quei battuti sentieri potevano subire un attacco in qualsiasi momento.

Arrischiò uno sguardo alla guerriera che sedeva dietro di lui: le dita erano strette attorno alla sua tunica e i suoi occhi osservavano la strada in cerca di pericoli ma Dragan percepiva l'ostilità che provava.

Il fatto di averla legata aveva peggiorato il loro difficile rapporto ma non ne era pentito. Adesso erano riposati e avrebbero potuto percorrere diverse miglia, riducendo così la distanza che li separava dai rapitori.

Prima di lasciare il villaggio dei contadini, avevano recuperato le armi che avevano lasciato nella foresta e alcune provviste. In questo modo avrebbero evitato di fermarsi in altri villaggi; almeno fino al calar della sera.

Il territorio dei frigi era vasto e le immense pianure che si estendevano prima delle montagne, offrivano pochi luoghi in cui trovare un rifugio. Avrebbero dovuto chiedere ospitalità anche per le notti a venire.

Dragan tornò ad osservare la strada che stavano percorrendo, spostando la sua attenzione su ciò che accadeva attorno a lui.

Alcuni giovani si dirigevano con passo lento verso i campi. Si preparavano a lavorare la terra; la stagione primaverile era giunta portando con sé promesse di raccolto: nessuno avrebbe più patito la fame.

Il suo pensiero andò al piccolo Fergus: le riserve di selvaggina che aveva cacciato per lui si sarebbero esaurite: doveva tornare nella sua terra natale il prima possibile.

Proseguirono senza diminuire il passo per diverso tempo; solo quando il sole arrivò nel punto più alto del cielo, Dragan decise di fermarsi.

In silenzio divise con l'amazzone una pagnotta e il poco formaggio che era riuscito a trovare e quando ebbero finito quel misero pasto, Dragan si alzò e si allontanò di diversi passi, per studiare il terreno.

Le impronte degli sciti erano ancora fresche, segno che non erano lontani ma la direzione che avevano preso gli svelò che la loro intenzione era quella di recarsi nella capitale Frigia.

Il suo intuito gli disse che qualcosa non andava: la via più rapida per arrivare al confine era il sentiero che stavano percorrendo. Per arrivare alla città invece, avrebbero dovuto deviare verso l'interno del territorio.

«Si dirigono a Gordio.» comunicò allora, scuro in volto, tornando nel punto in cui aveva lasciato la guerriera.

L'amazzone lo guardò per la prima volta da quando avevano ripreso l'inseguimento con una freddezza tale da indurlo a restare a distanza. Tuttavia, i suoi occhi gli confermarono che anche lei nutriva dei dubbi sulle vere intenzioni degli sciti.

«Non è la via più breve.» commentò glaciale. «Potrebbero essersi alleati con i frigi per colpire il mio popolo.»

Dragan la vide stringere i pugni mentre cercava di tenere a bada la furia che le aveva animato il volto.

«Dobbiamo capire quali sono le loro intenzioni.» stabilì.

La guerriera annuì, facendogli capire che era d'accordo poi si alzò e senza più degnarlo di uno sguardo si diresse senza esitazione verso il punto in cui avevano lasciato il cavallo.

Dragan la seguì mentre un campanello di allarme gli solleticava la mente.

Era pericoloso addentrarsi a Gordio ma se davvero gli sciti si erano alleati con i frigi per distruggere il regno amazzone, allora anche i gargarensi sarebbero stati in pericolo.

Il maledetto accordo che avevano stretto con le donne guerriere era conosciuto da tutti i popoli vicini; li consideravano alleati delle amazzoni e dopo aver finito di distruggerle, avrebbero riservato ai gargarensi la medesima sorte.

Dragan non poteva permettere che ciò accadesse: doveva fermarli.

Così salì in groppa allo stallone, incitandolo al galoppo e diresse i suoi passi verso il cuore del regno frisa.

Lo scrosciare delle fredde acque del Sangario li accolse, attutendo i suoni circostanti.

L'imponente fiume scorreva davanti a loro, separando le campagne dalla capitale frisa.

Il tramonto era ormai prossimo e solo le sue vaste rive li dividevano dagli sciti in fuga.

Dragan fermò lo stallone davanti all'antico ponte che lo attraversava. Anche a quella distanza poteva scorgere le imponenti mura di pietra della città.

Gordio si estendeva lungo la pianura, protetta ai lati dalle numerose colline cha la circondavano.

Sospirò: riuscire a varcare le porte non sarebbe stato facile.

Non potevano neppure esplorare i dintorni: le ombre della sera avanzavano rapide e non appena la notte fosse giunta, i frisi avrebbero serrato i battenti per proteggersi dai pericoli.

Spronò lo stallone e mentre attraversavano il ponte si sfilò il cappuccio scuro che indossava. Poi allungò il braccio per darlo all'amazzone.

Questa lo prese controvoglia, rivolgendogli uno sguardo interrogativo.

«È meglio che lo indossi tu.» le spiegò piano. «I tuoi capelli corti attirano l'attenzione più del mio volto.»

Le donne frise, infatti, avevano i lineamenti delicati e usavano portare lunghe chiome che coprivano loro la schiena e le spalle.

Lynn, dopo un attimo di esitazione, si affrettò ad indossarlo e Dragan continuò a far avanzare il cavallo fino a quando non giunsero in prossimità delle porte.

Gli ultimi artigiani, con i loro carri di legno si apprestavano a rientrare dopo aver trascorso la giornata a vendere le loro mercanzie nei villaggi vicini mentre due guardie, presidiavano l'ingresso della capitale, studiando i volti di coloro che passavano.

Dragan sperò che il cappuccio, unito alla semplice tunica che l'amazzone indossava, impedissero ai guerrieri frigi di capire le sue reali origini.

«Tieni lo sguardo basso.» le raccomandò allora.

Poi si voltò verso di lei e le tese deciso la mano. «Le tue armi le custodirò io.»

Lynn strinse con forza l'elsa dell'ascia che portava al fianco, per nulla intenzionata a separarsene.

Stavano per entrare nella capitale frisa, in mezzo ad un popolo che era loro ostile e in caso di attacco, le sarebbe servita per difendersi.

In più come avrebbe fatto a liberare la principessa disarmata?

Tuttavia, nonostante non si fidasse ancora del gargarense, sapeva che il fatto che una ragazza girasse armata avrebbe destato dei sospetti.

La priorità era salvare Otiria e per farlo doveva far credere alle guardie di essere un'inerme ragazza frisa. Così a malincuore, si costrinse a consegnare l'ascia e le daghe al gargarense.

Dragan prese le sue preziose armi e le nascose rapidamente sotto il mantello. Poi smontò rapidamente dallo stallone e tenendolo per le briglie, condusse entrambi verso le porte.

Quando arrivarono, Lynn abbassò lo sguardo, tentando di assumere un'espressione docile.

Sentì uno dei due guerrieri frisi muoversi ma si sforzò di restare immobile.

«Chi siete? Cosa vi conduce a Godio?» domandò subito loro la guardia con voce dura.

A quelle parole il gargarense si era spostato di fianco a lei, guardingo. I suoi muscoli erano tesi, pronti a scattare e le dita della sua mano destra, notò Lynn, erano posate vicino all'elsa della spada, pronte ad afferrarla.

«Veniamo dalle campagne oltre il fiume. La mia sposa è gravida e stiamo tornando dalla sua famiglia. Necessitiamo di un riparo per la notte.»

«Due contadini dunque...»

Gli occhi della guardia si spostarono su di lei e Lynn percepì il suo sguardo attento che la studiava.

Si costrinse a tenere lo sguardo puntato in direzione del terreno e pregò che il guerriero frisa non le chiedesse di togliere il cappuccio.

Per fortuna lui si limitò ad osservarla; in quanto donna sembrava non considerarla degna della sua attenzione. Tuttavia, Lynn capì che non era convinto. Ci stava mettendo troppo a decidere.

Doveva fare qualcosa; a breve la porta sarebbe stata sbarrata. Così, con una smorfia di dolore sul volto, si portò le mani al ventre.

"Hai dolore?" - le domandò subito il gargarense preoccupato.

Lynn incrociò il suo sguardo attento; per fortuna aveva intuito subito il suo stratagemma.

«Sì...» bibigliò a fatica, prima di chiudere gli occhi.

Lui si limitò a posare una mano sulla sua poi con espressione umile, si rivolse alla guardia.

«Vi chiedo di farci entrare. Il viaggio è stato lungo, la mia sposa è provata dalla fatica e necessita di un giaciglio comodo dove riposare.»

I due frisi si guardarono, infine, la guardia con un distratto cenno della mano fece loro segno di avanzare.

«Vi ringrazio.» Dragan abbassò il capo in segno di riconoscenza.

Poi le lasciò la mano per riprendere le redini e dopo aver mormorato un saluto ai due, guidò il cavallo dentro la città.

Non appena superarono le porte Lynn alzò lo sguardo e si permise di respirare. Erano riusciti ad entrare!

Si guardò intorno. Le stradine di Gordio erano piene di frisi: le donne indossavano abiti semplici ed erano intente a lavare i panni e ad acquistare mercanzie mentre gli uomini chiacchieravano.

Era la prima volta che Lynn si avventurava fuori da Temiscira e ne fu incuriosita.

Le donne frise erano esili e delicate; si appoggiavano alle braccia degli uomini con una grazia che le era sconosciuta e le più giovani tra loro ridevano cercando di attirare i loro sguardi.

Prive di muscoli, non erano abituate alla fatica: a differenza delle amazzoni, era chiaro che non provvedevano da sole alle loro necessità.

Era quasi l'ora del desinare ma non sembravano preoccuparsi di trovare la selvaggina da arrostire per il pasto serale e Lynn capì che la vita quotidiana a Gordio si svolgeva in modo molto diverso rispetto a ciò che accadeva a Temiscira.

Arrischiò uno sguardo al gargarense; al di là dell'espressione guardinga, sembrava tranquillo. La folla che li circondava non sembrava attirare la sua attenzione. Doveva aver viaggiato molto.

Per un attimo Lynn si scoprì ad invidiarlo: aveva visto molte più cose di lei ma la loro permanenza a Gordio le avrebbe permesso di impararle.

Così tornò a concentrare la sua attenzione sul suo compito: cercò di individuare gli sciti o il volto spaventato di Otiria tra quelli degli abitanti ma la sua ricerca fu vana: di loro sembrava non esserci traccia.

Intanto, le torce appese ai muri delle abitazioni cominciavano a venire accese, andando ad illuminare le stradine che cominciavano a scurirsi.

Il sole era già svanito da un pezzo quando si fermarono. Il buio li avvolgeva e Lynn si chiese dove avrebbero riposato.

Stava per domandarlo al gargarense quando Dragan fermò il cavallo e con un gesto del capo, le fece cenno di smontare.

«Siamo arrivati.» le disse poi, indicando con il capo una porta scura in legno al centro della stradina.

Dall'interno proveniva un chiassoso vociare e il rumore di molte sedie che si spostavano e Lynn capì che si trattava di una locanda.

«Ci fermeremo qui?» gli domandò allora, diffidente, mentre scendeva dallo stallone.

Si assicurò che il cappuccio le celasse il volto, poi si avvicinò cauta al gargarense che si era spostato vicino all'ingresso e stava legando il cavallo ad un palo in legno.

Non dovevano attirare l'attenzione.

Gli occhi del guerriero incontrarono i suoi in un muto avvertimento poi, con passo rapido, il gargarense si avvicinò.

«Per oggi non possiamo fare altro. La locanda è piena e magari qualcuno può aver visto passare la principessa.»

Lynn strinse la mano a pugno; ad ogni stante che passava temeva sempre di più per la sorte di Otiria.

«Lo spero, gargarense.» gli disse poi trafiggendolo con lo sguardo.

Dragan non rispose, tuttavia ricambiò l'occhiata con la medesima freddezza.

«Comportati come una ragazza comune, qui non siamo a Temiscira.» l'avvisò.

Ed Lynn sentì l'imbarazzo pungerle la pelle del viso.

«So quello che devo fare.» gli rispose glaciale.

Poi si girò e si incamminò verso l'ingresso della taverna, sottraendosi al suo sguardo inquisitore.

Pochi istanti dopo, udì i suoi passi decisi che la seguivano all'interno.


L'odore di zuppa e di sudore gli impregnò subito le narici. Dragan cercò di ignorarlo mentre superava l'amazzone e si dirigeva verso un uomo grosso e tozzo che serviva una manciata di boccali di birra ad un tavolo.

«Siete voi l'oste?» domandò, gettando un'occhiata guardinga alla giovane guerriera alle sue spalle.

L'uomo gli rivolse un cenno per fargli intendere di averlo udito così Dragan si fermò e attese che finisse di servire.

Lynn, intanto, si era avvicinata e Dragan si soffermò ad osservarla.

Con il volto nascosto dal cappuccio e il capo chino sembrava docile; tuttavia, lui sapeva quando poteva essere letale. Appena era certa di non essere osservata, il suo sguardo chiaro studiava rapido i tavoli della locanda in cerca di tracce della principessa.

Non si sarebbe arresa fino a quando non l'avesse trovata.

La sua volontà era ammirevole, tuttavia, non potevano permettersi di compiere passi falsi.

L'oste intanto aveva terminato il suo compito ed era tornato da lui.

«Cosa posso servirvi?» domandò subito cordiale, indicando un tavolo libero poco lontano.

«Io e la mia sposa siamo in cerca di un pasto caldo e di un letto dove dormire.» rispose Dragan

«Allora accomodatevi, vi porto subito una porzione di zuppa.» disse il frisa.

«Ho una camera libera al piano superiore che fa al caso vostro.» aggiunse ammiccando.

«Andrà bene.» ribatté Dragan.

Mentre si sedevano l'oste si fece curioso.

«Non siete di queste parti. Cosa vi conduce a Gordio?» aggiunse osservandoli con attenzione.

«La mia sposa è incinta. Stiamo tornando alla tua terra natale per il parto.» rispose Dragan, sfiorandole la mano della giovane guerriera con gentilezza.

Sentì l'amazzone irrigidirsi tuttavia ignorò la sua reazione e sorrise.

«Capisco.» l'oste li guardò. La sua curiosità era stata soddisfatta così si allontanò per andare a prendere le zuppe.

Non appena ebbe voltato loro le spalle, l'amazzone, con un gesto secco, scostò subito la mano dalla sua.

«Non ti ho detto che potevi toccarmi, gargarense.» gli sibilò guardandolo dura.

Dragan emise una smorfia.

«Se vuoi trovare la principessa senza destare sospetti dobbiamo sembrare marito e moglie.» gli spiegò.

L'amazzone sembrò turbata da quelle parole, tuttavia, si affrettò a nasconderlo e non aggiunse altro.

Anche lui era infastidito ma non potevano fare diversamente.

Così mangiarono in silenzio fino a quando il desinare fu concluso.

Solo allora Dragan tornò a spostare la sua attenzione su di lei.

L'amazzone osservava le scale che portavano alle stanze. Non lo avrebbe mai ammesso ma la stanchezza dovuta alla tensione e alla lunga cavalcata cominciava a farsi sentire; per quella notte non restava altro da fare che riposarsi.

Dall'espressione sconfitta che le lesse sul volto, Dragan seppe che doveva averlo capito.

Così dopo aver posato una manciata di monete sul tavolo, si alzò e aspetto che lei facesse altrettanto. E quando l'amazzone si allontanò dal tavolo la guidò verso le scale.


Lynn aprì la porta con cautela. Non udiva rumori all'interno: tutto sembrava tranquillo.

La stanza era immersa nella penombra; un mucchio di paglia fresca, buttata sul pavimento, fungeva da letto e vicino ad essa, una candela consumata, illuminava debolmente la stanza con la sua luce fioca.

Era semplice e spoglia ma era meglio che dormire all'addiaccio, esposti ai pericoli.

Lynn avvertì dietro di lei l'impaziente figura del gargarense, così si decise ad entrare.

L'idea di dormire vicina a lui non le piaceva ma dovevano continuare la finzione, ne andava della loro vita e di quella di Otiria.

Così si voltò battagliera, pronta a fronteggiarlo.

Tuttavia, il gargarense non si mosse, ne parlò. Dallo sguardo cupo che le rivolse, capì che quella situazione forzata era sgradevole anche per lui.

Lynn allora si avvicinò al mucchio di paglia e si sedette.

«Io starò da questa parte.» gli indicò poggiando la mano sul uno dei lati del giaciglio. Poi si avvolse il mantello attorno al corpo e si sdraiò.

Non appena la sua schiena toccò la paglia, respirò per il sollievo. La tensione che aveva accumulato durante le lunghe ore a cavallo si dissipò, lasciando posto alla spossatezza.

Era abituata a duri allenamenti e privazioni ma da quando avevano attaccato Temiscira e rapito Otiria non era più riuscita a riposare bene.

Chiuse gli occhi ma rimase comunque guardinga.

Percepì il respiro del gargarense, infine i suoi passi. Poi la paglia scricchiolò e Lynn avvertì il corpo caldo del guerriero che si sdraiava accanto al suo.

Si voltò di lato: Dragan osservava il soffitto e stava attento a non toccarla. E per la prima volta da quando aveva cominciato l'inseguimento insieme, Lynn lo apprezzò.

Avvertendo il suo movimento, il gargarense si girò per guardarla.

«Riposati, ne hai bisogno.» le consigliò. «Farò io la guardia per questa notte.»

Lynn annuì, sentendo il resto della tensione scivolare via.

«Ti ricambierò il favore.» chiarì, nel dormiveglia.

Udì lo sbuffo esasperato del gargarense. Poi le palpebre si fecero sempre più pesanti e finalmente Lynn si arrese al sonno e al suo oblio.

9

Un vociare concitato lo destò dal suo breve sonno. Dragan allungò il braccio verso il lato del pagliericcio dove era sdraiata l'amazzone ma lo trovò freddo e vuoto.

Aprì gli occhi di scatto e si mise a sedere guardingo, perlustrando la stanza con lo sguardo. Ma della guerriera non c'era traccia.

Maledizione!

Un'inaspettata sensazione di pericolo lo investì, tuttavia cercò di dissiparla.

Arrischiò un'occhiata verso la finestra; la luce del sole era intensa, segno che l'ora era tarda.

Aveva dormito più di quanto avesse dovuto ma aveva trascorso la notte a vegliare sul riposo dell'amazzone e solo quando il buio aveva lasciato il posto alla tenue luce dell'alba, ormai certo che non ci sarebbero stati pericoli, si era concesso un momento di riposo.

Le lunghe notti passate da solo nella foresta gli avevano insegnato a destarsi ad ogni minimo rumore; tuttavia, i suoi sensi offuscati dalla stanchezza lo avevano tradito e non aveva percepito i movimenti della giovane che si alzava.

Doveva trovarla. Una donna frisa non girava da sola per la città; se qualcuno l'avesse vista le loro vite sarebbero state in pericolo.

Così si alzò e si diresse verso l'angolo dove aveva riposto le armi.

Era ancora tutte li. La scoperta che l'amazzone non aveva portate con sé le sue avrebbe dovuto farlo sentire più tranquillo, tuttavia, la sensazione che qualcosa non andasse non si dissipò. Così, dopo aver afferrato la spada, si diresse con passo rapido fuori dalla stanza.

Lynn correva, cercando di tenere il loro passo. Non poteva perdere di vista gli sciti o sarebbe stata persa.

Il gargarense si sarebbe infuriato con lei per quello che stava facendo ma non c'era tempo per il rimpianto.

Si era svegliata all'alba, con i tenui raggi del sole che le scaldavano il volto e il corpo del gargarense accanto al suo.

Non voleva restare vicina a lui più del necessario, così si era alzata dal giaciglio.

Aveva sperato che non si destasse ma fortunatamente il guerriero era rimasto immobile: avvolto nel suo mantello scuro, dormiva profondamente.

Rinfrancata, aveva gettato un'occhiata nostalgica alle sue armi: desiderava portarle con sé, tuttavia, non poteva. Non ancora.

Così, dopo essersi coperta il volto, era uscita dalla misera stanza e si era diretta al piano inferiore.

La taverna a quell'ora era quasi vuota, ad eccezion fatta di un paio di avventori seduti ad un tavolo e dell'oste, che le rivolse un sorriso cordiale.

Dopo aver chiesto un tozzo di pane, anche lei si sedette.

Scelse un piccolo tavolo in penombra, nell'angolo più nascosto: da lì avrebbe potuto osservare ciò che accadeva nella stanza senza essere notata.

Per diverso tempo non entrò nessuno; poi, verso l'ora del desinare, la taverna cominciò a riempirsi.

Alcuni mercanti e contadini rientravano dai campi per rifocillarsi.

Lynn osservò attentamente ognuno di loro, cercando di cogliere brandelli di conversazione ma degli sciti non c'era traccia.

Gettò una rapida occhiata verso le scale: il gargarense ancora non dava cenni di voler scendere.

Sospirò: sarebbe dovuta tornare nella stanza per svegliarlo. Il tempo del riposo era finito; dovevano cercare Otiria.

Stava per alzarsi quando la porta della taverna si spalancò di nuovo.

Due uomini entrarono rapidi e si diressero verso l'oste chiedendo a gran voce alcuni otri d'acqua.

I loro vestiti erano stracciati e impolverati e Lynn li osservò con maggiore attenzione.

Quando il più alto dei due scostò il cappuccio che portava sul capo, riuscì a distinguere i suoi lineamenti e il sangue le si gelò nelle vene.

Era lo scita che aveva affrontato nel bosco!

Si trattenne dall'alzarsi e trafiggerlo con il coltello da pane: prima doveva scoprire dove tenevano la principessa.

Così, senza che l'oste si accorgesse del furto, nascose il coltello nella manica e attese.

Gli sciti avevano fretta: non appena l'oste tornò con l'acqua presero gli otri e gettarono una manciata di monete sul bancone per poi dirigersi rapidi fuori dalla taverna.

E così era vero. I frisi stavano davvero aiutando gli sciti nei loro loschi piani di conquista e distruzione!

Non poteva indugiare oltre; se avesse atteso il gargarense avrebbe perso le loro tracce e sarebbe stato troppo tardi, doveva andare da sola.

Così si alzò e, cercando di non destare sospetti, si diresse con passo lesto fuori dalla taverna.

Una volta in strada si lanciò rapida al loro inseguimento.

Gordio pullulava di gente ma Lynn riuscì a non perderli di vista.

Procedette rapida, tenendosi a ridosso dei muri fino a quando gli sciti non abbandonarono la strada principale, scivolando in una stretta stradina laterale.

Lynn intuì che si stavano spostando verso il limitare della città e si fece guardinga. Forse avevano nascosto Otiria in qualche capanna isolata.

Maledì il fatto di non avere le sue preziose armi con sé ma in qualche modo sarebbe riuscita a sconfiggerli e a liberare la principessa.

Così tenne il passo fino a quando non arrivarono ad una piccola capanna in disuso. Gli sciti entrarono rapidi e Lynn esultò: era lì che la tenevano!

Si fermò, restando nascosta dietro il muro della capanna più vicina e attese.

Avvertì diversi movimenti e una voce femminile che parlava, cercò di distinguere le parole mentre lasciava scivolare il coltello da pane nella sua mano e lo stringeva.

Poco dopo i tre sciti uscirono trascinando una spaventata Otiria con sé.

Lynn respirò per il sollievo di vederla viva. Poi attese di capire le loro intenzioni.

Sembravano agitati.

«Dobbiamo muoverci!» «Lui ci sta aspettando.» lo scita più alto inveì, strattonando la principessa, dirigendosi nuovamente verso il centro della città. «E tu vedi di stare buona.» sputò in direzione della spaventata ragazza.

Lynn trattenne il moto di rabbia che la investì. Avrebbe potuto coglierli di sorpresa, approfittando dell'affollamento delle stradine, una volta tornati in città.

Così ritornò suoi passi e non appena gli sciti imboccarono nuovamente la strada principale di Gordio agì.

Approfittando del momento in cui un uomo aveva distrattamente urtato lo scita che teneva la principessa sbilanciandolo, Lynn si lanciò in avanti e a sorpresa infilò il coltello nel cuore del rapitore più vicino.

«Maledetta!»

Udì un grido e il secondo scita cercò subito di sfoderare la spada ma Lynn fu più rapida e glielo impedì ferendolo a un braccio.

Stava per dargli il colpo finale quando la folla iniziò ad agitarsi. Qualcuno la urtò e il coltello da pane le scivolò di mano.

Cercò subito di riprenderlo ma il terzo scita, che teneva la principessa, la colpì alla nuca con il pomolo della spada, facendola cadere al suolo.

Stordita, si guardò intorno, cercando di alzarsi e di schiarirsi la vista: anche Otiria era caduta in ginocchio e la guardava disperata.

Lynn ricambiò il suo sguardo con un'occhiata battagliera; non si sarebbe data per vinta.

Stava per pronunciare le parole che sarebbero servite a tranquillizzarla quando due guardie frise, che si erano fatte largo tra la folla, si avvicinarono rapide e le bloccarono le braccia.

«Alzati!» le intimarono e all'amazzone non restò che obbedire.

La loro stretta era solida e Lynn era conscia che senza le sue fedeli armi, non sarebbe riuscita a liberarsi.

Mosse un passo dopo l'altro, con la vista ancora sfocata: con ogni probabilità la stavano conducendo verso le prigioni.

Avrebbe trovato il modo di liberarsi, si ripromise. Non poteva lascare Otiria nelle loro mani.

Volti indistinti le scorrevano davanti e Lynn si accorse a malapena che avevano imboccato la stradina che conduceva alla taverna.

Il volto del gargarense le apparve nella mente e Lynn non osò pensare quale sarebbe stata la sua reazione quando avesse scoperto ciò che era accaduto.

Era stata un'incosciente ma ormai non poteva tornare indietro.

Così alzò la testa, guardando dritta davanti a sé, pronta a lottare e ad affrontare a testa alta il suo destino.

Stavano per svoltare l'ennesimo angolo quando lo vide.

Il gargarense era in piedi a lato della strada e con il mantello scuro si confondeva in mezzo ai frisi ma Lynn aveva riconosciuto il suo volto deciso.

Tentò di liberarsi per attirare la sua attenzione ma le guardie la strinsero, trascinandola lontano da lui. Così provò un'ultima volta a girarsi nella sua direzione e finalmente i loro occhi si incrociarono.

Lynn lesse nel suo sguardo acceso dalla collera un sentimento altrettanto intenso ma non fu in grado di decifrare quale.

Sperò che il gargarense le facesse un cenno, facendole capire che l'avrebbe aiutata ma lui scosse il capo e dopo averle gettato un'ultima occhiata piena di sdegno le voltò le spalle, abbandonandola al suo nefasto destino.

10

Faceva freddo.

Lynn rabbrividì mentre le sbarre della prigione, che la separavano dalla libertà, sbattevano con violenza.

La guardia frisa si era allontanata sghignazzando e adesso nell'angusta cella regnava il silenzio, rotto soltanto da alcune gocce d'acqua che s'infrangevano scostanti sul terreno.

Un paio di pesanti catene, le bloccavano i polsi, impedendole di muoversi e costringendola a rimanere con la schiena bloccata contro la parete umida.

Chiuse gli occhi, poggiando il capo: era inutile tenerli aperti. La penombra le impediva di vedere cosa avesse attorno.

Non sapeva quanto tempo fosse passato da quando l'avevano portata li, né quale sorte sarebbe capitata a Otiria ma doveva trovare il modo di liberarsi.

Il gargarense le aveva voltato le spalle, per cui avrebbe dovuto cavarsela da sola.

Presto avrebbero mandato qualcuno ad interrogarla e lei doveva farsi trovare pronta.

Il tempo prese a scivolare rapido, privo di consistenza e Lynn sperò che gli sciti non avessero già lasciato la città.

Per il momento, comunque, non avrebbe potuto fare niente per fermarli.

Maledì la piega che avevano preso gli eventi, tuttavia era decisa a non mollare.

Così attese a lungo che la guardia arrivasse ma tutto rimase silenzioso.

Non gli portarono né acqua né cibo e Lynn cercò di tenere a bada i morsi della fame.

Infine, quando fu certa che nessuno l'avrebbe disturbata, si lasciò sopraffare dalla stanchezza.

Si prospettava una notte difficile.


Si svegliò di soprassalto quando si sentì strattonare. La guardia era tornata.

Distinse nella penombra i lineamenti spigolosi del frisa e si accorse che non era solo; insieme a lui era entrato anche un uomo basso e tozzo.

Lynn scosse il capo per scacciare la sonnolenza e notò che quello dei due che l'aveva scossa, teneva stretto in mano un pugnale.

Dalle espressioni truci dei loro volti seppe che entrambi erano intenzionati a incalzarla fino a quando non avesse rivelato loro ciò che desideravano sapere.

Così strinse i pugni, fissandoli glaciale. I due si limitarono a sghignazzare, poi il frisa armato di coltello si avvicinò e dopo essersi abbassato, le afferrò il collo.

Le sue dita sporche le graffiarono la pelle, accorciandole il respiro, tuttavia Lynn rimase ferma.

«Chi sei?» le domandò lui truce, aumentando violentemente la stretta.

Un lampo di piacere comparve nel suo sguardo e Lynn cercò di reprimere il senso di disgusto che provava.

Come durante gli addestramenti, sgombrò la mente da qualsiasi pensiero: doveva estraniarsi il più possibile da quello che stava accadendo: solo così sarebbe riuscita a resistere alle torture.

Via via che il tempo passava però, si accorse che era sempre più difficile respirare. L'odore del frisa la stordiva e l'oblio la chiamava.

«Chi sei?» udì di nuovo il giro rabbioso della guardia, come se provenisse da una grande distanza.

Gettando verso di lui uno sguardo offuscato dal dolore, vide che lentamente che anche l'altro si era avvicinato.

«Falla parlare!» ordinò questi glaciale al primo ma Lynn ancora non cedette.

Sapeva che a breve sarebbe svenuta ma non avrebbe mai tradito il suo giuramento di amazzone.

«Maledetta!» la insultò allora il frisa.

Poi inaspettato, un violento schiaffo la colpì in pieno viso.

Lynn strinse le labbra per trattenere il gemito che le uscì. Poi tutto diventò nero e l'amazzone si lasciò scivolare nell'incoscienza.


Gocce d'acqua, simili a spille di ghiaccio, le pungevano il corpo e la fecero tornare alla realtà.

Aprì gli occhi a fatica e l'oscurità della cella la accolse di nuovo nel suo abbraccio.

«È sveglia.»

La guardia frisa che l'aveva minacciata con il pugnale la guardava con odio tenendo in mano un contenitore vuoto: le aveva gettato addosso un secchio d'acqua.

Avvertì di nuovo il peso delle catene che le stringevano i polsi e il freddo muro che le graffiava la schiena e si preparò a ricevere i colpi che le avrebbero inflitto.

Questa volta, ad avvicinarsi a lei fu l'altro frisa. Quando si inginocchiò, il suo alito che sapeva di marcio le sfiorò la guancia e Lynn represse un brivido.

Aveva bevuto e a giudicare dal movimento ondeggiante del suo corpo anche più di quello che avrebbe dovuto. Questo lo rendeva più pericoloso e imprevedibile.

«Perché hai attaccato quegli uomini?» «Parla ragazza, o farai una brutta fine.» la minacciò

Lynn però voltò la testa e finse di non averlo udito.

Non avrebbe detto nulla, non sarebbe servito comunque a salvarla.

Getto uno sguardo rapido alla porta della cella: era socchiusa.

Se fosse riuscita a capire chi dei due aveva le chiavi delle catene, avrebbe potuto prenderle per liberarsi.

Intanto il frisa si era fatto ancora più vicino e Lynn avvertì un debole tintinnio. Erano appese alla sua cinta.

Così tornò ad osservarlo e un piano disperato prese forma nella sua mente. Aveva un solo tentativo e se avesse fallito, sarebbe stata persa.

Ignorando la riluttanza Lynn si fece più vicina ed emise un bisbiglio.

«Parla più forte!» le gridò allora il frisa e Lynn gli sfiorò volutamente l'orecchio.

Lo sentì trattenere il fiato mentre si faceva inconsapevolmente più vicino scorse un lampo di desiderio nel suo sguardo, così iniziò a spostare lentamente la gamba sotto di lui. Se l'avesse colpito, facendolo accasciare, avrebbe potuto recuperare le chiavi. Poi avrebbe pensato a come mettere fuori gioco l'altro frisa.

«Io...» bisbigliò. Poi, non appena i loro corpi furono attaccati, Lynn alzò il ginocchio e lo colpì con forza all'inguine.

Il frisa gridò, accasciandosi e Lynn rapida allungò le braccia. Tirò le catene fino a quando non riuscì ad afferrare il mazzo.

Riuscì ad alzarsi e a far scivolare la chiave nella toppa prima che l'altro frisa le arrivasse davanti.

Lynn scansò il pugno con il quale la guardia cercò di colpirla poi lo colpì con un calcio allo stomaco e mentre questi boccheggiava, Lynn riuscì a liberare i polsi dalle catene.

Non perse tempo a guardarsi indietro e si diresse rapida verso la porta della cella.

Stava per uscire quando, inaspettatamente, si trovò davanti una terza guardia che era accorsa in loro aiuto, allarmata dalle grida.

Non lo aveva previsto. Maledì la piega che aveva preso la situazione, tuttavia, si preparò allo scontro.

Un movimento alle sue spalle però la colse di sorpresa. La guardia che aveva colpito allo stomaco si era rialzata e con un legno la colpì alla nuca.

Lynn vide la luce svanire di nuovo insieme ad ogni possibilità di libertà.


Quando riprese i sensi, percepì che il freddo si era fatto ancora più intenso.

Le sfuggì un gemito di dolore mentre cercava di aprire gli occhi.

Avvertì il consueto peso ai polsi: era di nuovo incatenata al muro della cella.

Ancora stordita dal colpo, udì un movimento.

La guardia frisa era seduta davanti a lei. Teneva stretto il pugnale con cui l'aveva minacciata e il desiderio di vendetta riempiva il suo sguardo.

L'avrebbe punita per ciò che aveva cercato di fare ma Lynn era certa che non l'avrebbe uccisa, almeno fino a quando non avrebbe risposto alle loro domande.

«Ti ucciderò lentamente.» le bisbigliò all'orecchio crudele, pregustando il momento. Poi le pugnalò il braccio e Lynn gridò.

La lama le penetrò con violenza nella carne poi il frisa la estrasse con deliberata lentezza e il sangue cominciò a scorrere.

Immersa nel buio e debole per il sangue che stava perdendo, Lynn perse il senso del tempo.

Gli istanti le scorrevano addosso insieme al dolore mentre aspettava di udire di nuovo i loro passi ma le guardie non tornarono più per interrogarla.

L'amazzone entrava e usciva dall'incoscienza, ricordando solo sprazzi di momenti.

Ogni tanto qualcuno le portava un tozzo di pane e una ciotola d'acqua e lei si sforzava di mangiare, lottando per sopravvivere.

Gli istanti di coscienza si fecero più radi ma fu durante uno di questi che udì un rumore diverso dai movimenti conosciuti delle guardie.

Dei passi rapidi e affrettati si avvicinavano.

Lynn si allarmò.

Che alla fine i frisi si fossero decisi a ucciderla?

Con un gemito cercò di raddrizzarsi, facendo forza con la schiena contro parete ma si bloccò a metà del movimento, in preda a una fitta di dolore. Così si arrese e inspirò piano, cercando di mettere a fuoco la cella.

Il misterioso visitatore, intanto, era giunto e Lynn vide la porta aprirsi.

Notò che chiunque fosse, avanzava lentamente, come se cercasse di capire come era fatta la cella e Lynn lo trovò strano.

Non riusciva a distinguere il suo volto, tuttavia, era certa che non si trattava di nessuna delle guardie frise che erano venute a interrogarla.

Udì un'imprecazione, infine lo sconosciuto si avvicinò e puntò lo sguardo su di lei. Lo udì trattenere il respiro e poi inginocchiarsi.

A quel movimento, Lynn avvertì un capogiro e chiuse gli occhi. Poi li riaprì per prepararsi all'ennesima tortura.

Cercò di studiare lo sconosciuto e di anticiparne le intenzioni ma lui agì all'improvviso.

Lynn avvertì le sue dita che si posavano delicate sulla sua guancia fredda e avvertì calore. Sorpresa, si chiese che tipo di tortura fosse quella.

Poi l'alito caldo del visitatore le sfiorò il volto e l'amazzone allungò le braccia.

Le sue dita incontrarono un cappuccio familiare.

«Sei tu?» bisbigliò piano e Lynn si trovò davanti il viso preoccupato di Dragan.

Una sensazione di sollievo la investì insieme a una violenta rabbia.

Il gargarense le aveva voltato le spalle, abbandonandola al suo destino e adesso era lì...

«Ti ho visto che te ne andavi» esalò arrabbiata. «Allora cosa ci fai qui?»

«Ti salvo.» rispose lui piano. E lei sentì rinascere la speranza.

Il gargarense tirò fuori le chiavi delle catene che le legavano i polsi e cominciò a liberarla.

«Avrei trovato il modo di liberarmi.» chiarì Lynn e Dragan alzò lo sguardo sul suo viso.

Giaceva seduta davanti a lui in catene ed era indebolita dalla prigionia, tuttavia, la sua determinazione e il suo coraggio erano sempre forti.

E in quel momento, vedendola davanti a lui così forte e risoluta, la trovò bella.

*Doveva essere impazzito.* - si disse, per trovare bella un'amazzone.

Tuttavia, prima di riuscire a capire quello che stava facendo la baciò.

Le sue labbra erano morbide, e dopo un attimo di esitazione l'amazzone si sporse in avanti e la sua lingua lo sfiorò.

Dragan fu incapace di trattenere l'istinto e mentre le afferrava la nuca avvertì una strana sensazione di familiarità che non riuscì a spiegarsi.

Così interruppe il contatto e si allontanò confuso.

Sul volto della giovane lesse il suo stesso sconcerto.

Quando aveva scoperto ciò che era accaduto, l'aveva odiata per il suo gesto impulsivo, deciso ad abbandonarla al suo destino.

Eppure, per un motivo che non riusciva a piegarsi, per l'ennesima volta non ci era riuscito.

Dopo averla maledetto lei e sé stesso, per la sua incapacità di voltarle le spalle, era tornato sui suoi passi e aveva cercato il modo di liberarla.

La sua abilità di spia gli era tornata utile e in taverna aveva raccolto tutte le informazioni che gli sarebbero servite.

Aveva notato che almeno una volta al giorno le guardie frise passavano di lì per scolarsi una birra.

Ci erano voluti giorni ma alla fine li aveva indotti a farlo unire a loro durante le loro bevute.

Da ubriache le guardie avevano fatto trapelare i dettagli sulle prigioni e su quello che stava succedendo.

Così di notte Dragan aveva perlustrato la grossa capanna che fungeva da carcere e aveva atteso il cambio della guardia per intrufolarsi. Trovare la cella era stato semplice: aveva sottratto le chiavi di nascosto e una volta entrato aveva trovato lei.

L'amazzone era malridotta ma viva e Dragan sentì un peso che non si era accorto di portare scivolare via.

«Andiamo.» le disse piano, ascoltando il silenzio. «Le guardie non tarderanno ancora molto.»
Così aiutò l'amazzone ad alzarsi e la sostenne mentre uscivano dalla cella.

L'aria fredda della notte la investì aiutandola a rimanere cosciente. Sorretta dalle braccia del gargarense, Lynn cercava di mettere un piede davanti all'altro mentre si spostavano rapidi lungo le stradine, diretti verso il limitare della città.
Il gargarense si rendeva conto della sua debolezza e cercava di aiutarla più che poteva; tuttavia, non accennava a diminuire il passo.
Lynn capiva la sua urgenza: dovevano allontanarsi da Gordio prima che sorgesse l'alba. Le guardie di lì a poco si sarebbero accorte della sua fuga.
Ringraziò la sorte che era tornata a esserle propizia: per fortuna, durante la loro fuga dalla prigione, non avevano incontrato nessuno.
Trovarono lo stallone nero che li aspettava legato ad un recinto vicino alla capanna più isolata.
Lynn si chiese come mai il gargarense avesse scelto quel punto ma non ebbe tempo di soffermarsi. Dragan proseguiva implacabile, senza guardarla.
Non si voltò verso di lei neppure una volta. Le labbra strette e la mascella tirata rivelavano la tensione e la rabbia che provava. Se verso di lei o verso le guardie non seppe dirlo.
Eppure, era tornato a salvarla.
Il cavallo nitrì scalciando non appena li vide, ansioso di liberarsi e Dragan si affrettò a slegarlo.
«Dobbiamo andare.»
La guardò scuro in volto, poi la aiutò a salire faticosamente in groppa.
Lynn si aggrappò alla sella, cercando di tenersi dritta e respirò di sollievo quando il gargarense montò rapido dietro di lei.
Si accasciò contro il suo petto, esausta mentre Dragan copriva entrambi con il suo mantello. Poi il guerriero spronò lo stallone al galoppo.
Percorsero veloci le stradine. Ogni sobbalzo le procurava fitte di dolore al braccio ma Lynn strinse i denti trattenendo i gemiti.

Grazie al cielo le porte della città erano di nuovo aperte per permettere ai primi contadini di uscire per cominciare una lunga giornata nei campi.

Dragan si confuse abilmente tra questi e riuscì a varcare il portone senza destare l'attenzione poi spronò il cavallo al galoppo.

Mentre si lasciavano la maledetta città frisa spalle, Lynn udì il canto solitario di un gallo e tirò un sospiro di sollievo.

In poco tempo attraversarono il fiume e ripresero il sentiero, diretti verso i confini del regno frisa.

Dragan cavalcava come se avesse dei segugi infernali alle calcagna e Lynn capiva le sue motivazioni: dovevano raggiungere velocemente la foresta al limitare delle terre frise prima che li trovassero.

Stretta tra le braccia e il corpo solido del gargarense, si sentì al sicuro dopo tanto tempo.

Cercò tra le nebbie del passato quando aveva provato una sensazione simile ma non se ne riuscì a ricordare.

Doveva rimanere sveglia, pronta ad agire in caso qualcuno li avesse raggiunti. Dragan per fortuna le aveva restituito l'ascia e le sue fedeli daghe. La prigionia però l'aveva provata, sottraendole le forze.

Lynn, senza accorgersene, chiuse gli occhi piombando in una sorta di dormiveglia. Infine, sobbalzò di scatto quando capì che si stava addormentando.

«Dormi.» la voce pacata del gargarense la sorprese. «Controllo io la strada.»

Erano le prime parole che le rivolgeva da quando l'aveva liberata e Lynn con le ultime energie che le erano rimaste, tentò di voltarsi verso di lui.

Quando infine ci riuscì notò che la sua espressione era rimasta chiusa e impassibile. Le bruciava doversi affidare a lui, per una volta però si concesse di cedere ai suoi bisogni. Abbandonando la logica e la ragione Lynn appoggiò il viso contro la sua spalla; si addormentò ancora prima di toccarla.

La destò il profumo pungente del bosco.

Giacque immobile, cercando di capire dove si trovasse mentre i sensi pian piano tornavano. Si sentiva stordita, come se avesse dormito profondamente e a lungo.

L'ultimo ricordo sfocato che aveva era quello di lei che tentava faticosamente di tenersi dritta in sella.

Adesso invece giaceva sdraiata sull'erba, avvolta in un pesante mantello nero.

Quando finalmente riuscì ad aprire gli occhi, vide un piccolo fuoco che scoppiettava al riparo tra gli alberi.

Il gargarense era seduto vicino a lei, con le gambe incrociate.

Lo sguardo era concentrato e assorto e nell'oscurità della notte Lynn riusciva a scorgere solo il suo profilo.

Muoveva rapido e sicuro le mani e l'amazzone si accorse che stava avvolgendo delle strisce di tessuto: dall'odore pungente che emanavano capì che con un impiastro di erbe le aveva medicato il braccio.

Tentò di voltarsi verso di lui ma un'improvvisa fitta di dolore la bloccò.

Non riuscì a trattenere un gemito.

Il gargarense, udendolo, spostò subito lo sguardo verso di lei e Lynn si accorse che la rabbia che provava non si era ancora placata.

«Sei sveglia.» constatò piano.

«Sì.» rispose.

Lynn ricordò all'improvviso la prigione e la loro disperata fuga e un senso di allarme la investì.

Cercò di mettersi seduta ma il gargarense la bloccò, poggiandole la mano sul petto.

«Dove siamo?» gli domandò allora confusa.

«Al sicuro.» la tranquillizzò lui. «Non siamo più nelle terre dei frisi.»

Lynn lasciò andare il fiato che non si era accorta di trattenere. Era notte fonda. Per quanto tempo non era stata cosciente?

«Quanto?» provò a domandargli.

«Un giorno intero.» gli rispose secco il gargarense mentre riprendeva ad armeggiare con la medicazione.

Lynn si dispiacque di non essere stata d'aiuto e nonostante le sue parole brusche, si sorprese della sua gentilezza nel curarla.

«Dove hai imparato?» gli domandò, incuriosita, accennando alla sua conoscenza delle ferite.

«Durante i miei viaggi.» rispose lui piano e Lynn capì che erano stati solitari.

Poi il gargarense finì di fasciarle il braccio e si alzò per controllare il fuoco. Lo stallone era legato ad un tronco poco lontano e lo vide prendere qualcosa dalla bisaccia prima di tornare da lei.

Si sedette di nuovo e le porse un tozzo di pane.

«Mangialo lentamente, lo stomaco deve tornare ad abituarsi.»

Dallo sguardo di pena che le rivolse Lynn intuì che il suo aspetto rifletteva il digiuno che aveva dovuto patire.

Doveva rimettersi in forza rapidamente se voleva salvare Otiria. Così lo prese e si sforzò di fare alcuni morsi.

Pian piano riuscì a mangiarne la metà, poi porse la parte restante al gargarense che, in silenzio, la finì.

«La ferita è pulita, guarirà in fretta.» la rassicurò.

Lynn si osservò il braccio fasciato poi tornò a posare lo sguardo su di lui.

«Ti ringrazio.» gli sussurrò infine grata.

Dragan le rispose con un brusco cenno del capo poi si affrettò ad allontanarsi. Doveva essere stanco per la lunga cavalcata.

Lynn vide che si sdraiava distante da lei e dopo pochi istanti udì il suo respiro farsi più lento: era scivolato rapidamente nel sonno.

Così anche lei tornò a sdraiarsi, concedendosi ancora un po' di riposo.

11

«Gli sciti non sono lontani.» disse Lynn, esaminando il terreno.

Poi si alzò e si diresse verso Dragan e lo stallone che l'aspettavano al centro del sentiero.

Si erano fermati per controllare le tracce: la stradina era poco battuta e fortunatamente le impronte dei cavalli degli sciti erano ancora fresche.

Nei giorni successivi alla fuga da Gordio, avevano cavalcato senza sosta per recuperare il tempo perduto, fino ad arrivare alle montagne.

Lì il sentiero si era fatto ripido, così avevano dovuto proseguire a piedi per procedere più rapidi e non affaticare lo stallone.

La ferita al braccio si era rimarginata in fretta e Lynn era ormai pronta a riprendere l'inseguimento per liberare la principessa.

Gettò un'occhiata di soppiatto al gargarense; dalla notte in cui le aveva medicato le ferite non avevano parlato molto.

Il guerriero era rimasto sempre sulle sue, taciturno e con uno sguardo scuro che Lynn non comprendeva. Di sicuro era arrabbiato con lei per la sua mossa avventata, tuttavia, Lynn non aveva voluto sollevare l'argomento.

Era pentita per come erano andate le cose a Gordio ma in quel momento non aveva potuto agire diversamente; era in gioco la sorte di tutto il regno amazzone.

Scosse il capo, allontanando quei pensieri e notò che le tracce si erano fatte più frequenti. I rapitori erano vicini.

Il sole stava tramontando e con ogni probabilità, certi di non avere più nessuno alle calcagna, stavano prendendosela comoda.

All'improvviso, Dragan che camminava dietro di lei si fermò.

Rapido, mise mano alla spada e le indicò un punto alle sue spalle.

Lynn tornò sui suoi passi e si avvicinò lentamente al gargarense.

«Voci.» le bisbigliò lui, quando le fu davanti. Poi si affrettò a legare lo stallone ad un tronco vicino.

Lynn, che intanto si era messa in ascolto, udì degli sghignazzi e aguzzando la vista, intravide in mezzo al fogliame lo scintillio di un fuoco.

Sfoderò le daghe e iniziò a inoltrarsi cautamente tra gli alberi. Udì il gargarense che la seguiva così si concentrò sui suoi passi.

Si ritrovò presto ai margini di una piccola radura: i tre sciti si erano accampati nell'erba e stavano dividendo un coniglio appena catturato.

Una terrorizzata Otiria li osservava, legata contro il tronco di un albero vicino.

Lynn trattenne l'istinto che la spingeva ad agire e si riparò dietro una vecchia quercia.

«Niente mosse avventate questa volta.» l'apostrofò Dragan duro mentre studiava con sguardo implacabile i dintorni.

Lynn accondiscese con un cenno, poi gli indicò l'albero.

Avrebbero aspettato al riparo dietro di esso, per poi coglierli di sorpresa durante il sonno.

Si dispiacque di non avere il suo fedele arco con sé ma le daghe e l'ascia sarebbero bastate ad aiutarla ad adempiere al suo compito.

Così si sedette e, insieme al gargarense, attese il momento giusto per liberare Otiria.


Dragan strisciava cauto tra il fogliame; dall'altro lato della radura vide l'amazzone fare altrettanto.

Le stelle erano alte nel cielo e gli sciti si erano addormentati da un pezzo. Si sentivano tranquilli e nessuno di loro si era preso il disturbo di montare la guardia.

Dragan ringraziò per la loro avventatezza: dalla salvezza della principessa amazzone dipendeva ormai anche la sorte del popolo gargarense.

Quando non fu che a una manciata di passi da loro si alzò in piedi e con la spada sguainata stretta in mano, si lanciò letale verso lo scita più vicino.

Lo prese da dietro, tappandogli la bocca con le dita per impedirgli di urlare, poi gli tagliò rapido la gola.

Accompagnò il corpo a terra e si voltò, pronto ad affrontare gli altri quando Otiria, spaventata dai movimenti, gridò.

Mentre i due sciti rimasti si svegliavano e impugnavano le armi si voltò verso il punto in cui aveva visto l'amazzone per l'ultima volta.

La guerriera, con le daghe sguainate, correva verso di loro.

Così si concentrò sul combattimento. Il primo scita gli arrivò addosso menando un fendente che riuscì a schivare abilmente, poi le loro lame si incontrarono.

Dragan vide l'amazzone incalzare il secondo e si concentrò sul combattimento. Il suo avversario, spaventato per l'improvviso attaccò non si rivelò molto abile; Dragan lo trafisse con un colpo al cuore proprio mentre l'amazzone piantava rapida la daga nello stomaco dell'altro.

Il silenzio invase all'improvviso la radura, rotto soltanto dai loro respiri accelerati dalla lotta.

Ce l'avevano fatta!

Si scambiarono uno sguardo d'intesa poi Dragan ripose la spada nel fodero e si diresse verso la principessa amazzone.

Lynn l'aveva preceduto e dopo essersi inginocchiata davanti a lei aveva tagliato le corde che la tenevano bloccata.

«State bene?» le domandò prendendola per le spalle. Otiria singhiozzò infine, abbozzando un sorriso, annuì.

Lynn, sollevata, si alzò aiutando la principessa a fare lo stesso. Infine, le parlò.

«State tranquilla, non avete più niente da temere. Vi condurremo al sicuro nel tempio.»

«Vi ringrazio.» le bisbigliò l'altra, grata.

L'amazzone, solerte, la esaminò per valutare le sue ferite mentre Dragan si allontanava per recuperare lo stallone.

Per fortuna non le avevano usato violenza: probabilmente sapevano che era un ostaggio di valore.

La rabbia di Lynn verso i vili sciti si intensificò tuttavia cercò di accantonarla: il tempo della loro sconfitta sarebbe arrivato presto. Adesso l'importante era portare la futura regina al sicuro e riunirsi con le altre amazzoni sopravvissute.


Dragan intanto stava controllando i corpi degli sciti ma nelle loro vesti non trovò altro che poche monete; nessuna lettera o indizio sulle loro future intenzioni. Chi tirava le file della vicenda era abile, fin troppo, a nascondersi.

Purtroppo, a Gordio non era riuscito ad avere il tempo di raccogliere le informazioni che gli sarebbero state utili per smascherarlo. Tuttavia, sarebbe riuscito ugualmente a scovare il colpevole, ne andava la salvezza del suo popolo.

12

Il Tempio Sacro si stagliava sulla cima della montagna più alta.
Imponente e antico, dominava la vallata sottostante.
Antichi alberi lo nascondevano alla vista e Lynn, che stava
percorrendo lo stretto sentiero in mezzo alla vegetazione, arrestò i
suoi passi per ammirarlo.
I rapaci volavano attorno alla torre più alta, lanciandosi in
impicchiate letali; riempivano l'aria con i loro stridii, ferendole le
orecchie.
Si voltò verso Otiria, che cavalcava in silenzio e notò che anche lei
lo osservava incuriosita da sotto le occhiaie stanche.
Il gargarense chiudeva la fila, controllando che nessuno li seguisse.
Da quando avevano tratto in salvo la principessa si era fatto ancora
più distante e pensieroso e Lynn con un sospiro, riportò la sua
attenzione al tempio.
La foresta era tranquilla e lungo il tragitto non incontrarono nessuno:
le sacerdotesse in quel momento dovevano essere immerse nella
preghiera.
Così Lynn avanzò sicura, stando sempre attenta a tutti i rumori che
percepiva intorno a lei.
Era emozionata all'idea di poter entrare in quel luogo sacro e antico,
custode delle antiche gesta e segreti del suo popolo. Sperò però che
la presenza del gargarense non creasse problemi.
L'accesso agli uomini era proibito, tuttavia la situazione di pericolo
poteva costituire un'eccezione.
Pian piano, la vegetazione si fece più rada e quando la luce del
crepuscolo sfiorò le cime degli alberi più altri, l'amazzone fermò i
suoi passi.
«Siamo arrivati.» esclamò.
Davanti a lei si stagliava il portone del tempio.
Lynn notò che nel legno era stata scolpita l'immagine di una
gigantesca spada.
Fece vagare subito lo sguardo sui camminamenti delle mura:
nessuno sembrava essere di vedetta, tuttavia, si avvicinò guardinga e
con lentezza.

Stava per poggiare la mano sull'antico legno, quando udì il sibilio di una freccia. I suoi riflessi rapidi le vennero in soccorso e Lynn scansò agilmente il colpo diretto al suo volto.

Con la coda dell'occhio vide il gargarense sguainare la spada, per poi mettersi davanti a Otiria in posizione di protezione.

«Veniamo in pace!» gridò allora Lynn, alzando le mani in segno di resa.

Percepì un movimento sulle mura e attese con il cuore che le batteva all'impazzata.

Poi una voce femminile fendette l'aria, chiara e forte.

«Chi siete?»

Il volto di una giovane donna, protetto da un elmo finemente lavorato, aveva fatto capolino dalla feritoia.

«Amazzoni, come voi.» rispose Lynn.» Giungiamo da Temiscira, dopo l'attacco dei vili sciti.» proseguì poi, indicando Otiria. «Porto con me la nostra principessa.»

Lo sguardo della donna la studiò a lungo, poi Lynn la vide spostare la sua attenzione su Otiria.

Non ebbe nessuna reazione e Lynn capì che non l'aveva riconosciuta.

Le guardie del tempio e le sacerdotesse, in effetti, non avevano mai avuto occasione di vederla.

«Provalo!» le gridò infatti l'amazzone, diffidente. «O darò l'ordine di trafiggervi con le nostre frecce.»

Lynn sospirò infine, muovendosi con lentezza, le diede le spalle.

Il gargarense a quel gesto la guardò allarmato ma lei cercò di tranquillizzarlo con lo sguardo.

Poi abbassò la veste, scoprendo la spalla.

Il tatuaggio a forma di ascia che portava dalla sua Iniziazione, chiaro simbolo di ciò che era.

Udì dei movimenti sulle mura poi, il rumore dei cardini del pesante portone che cigolarono, li sovrastò.

«Potete passare.»

Sistemò la veste e si girò mentre l'amazzone sulle mura la salutò con un cenno del capo prima di svanire.

Ritornò poco dopo davanti al portone con una lancia in mano.

«Il mio nome è Altea.» si presentò. «Sono il capo delle guardie del tempio. Qual è il tuo, sorella?»

«Mi chiamo Lynn.»

«Lynn, dici di portare con te la nostra principessa.» la studiò severa.

«È così.»ribadì Lynn, indicando ad Otiria di avanzare. «Hai davanti a te la nostra futura regina.»

Altea studiò la giovane, infine si inginocchiò a capo chino.

«È un onore conoscervi principessa.» sussurrò.

«Il piacere è mio, sorella.» rispose Otiria, ricambiandola con uno sguardo grato.

Poi Altea spostò lo sguardo sul gargarense che non aveva ancora rinfoderato la spada.

«E lui chi è?»

Dragan rimase in silenzio guardandola ostile, così Lynn rispose per lui.

«Dragan, del popolo dei gargarensi, nostri alleati. Mi ha aiutato a salvarla.»

«Un gargarense dunque... ho sentito parlare dell'antico accordo.» rifletté Altea. «Tuttavia non posso lasciarlo entrare. Agli uomini l'accesso al tempio è precluso.»

Lynn stava per rispondere quando la voce limpida di Otiria risuonò nell'aria.

«Ti chiedo di farlo entrare ugualmente.»

Si girò, sorpresa dal tono deciso e imperioso della principessa; non l'aveva mai udito prima di quel momento.

Con il mento dritto e l'espressione fiera, vide che la futura regina guardava Altea negli occhi.

La guardia amazzone a quel gesto trattenere il fiato, poi lentamente accennò un rispettoso inchino.

«Come desiderate. Vi faccio strada.»


Lynn fece vagare lo sguardo tra le maestose colonne del tempio. La luce dorata del tramonto conferiva loro un aspetto mistico e surreale.

Al loro ingresso le sorelle l'avevano salutata con rispetto e si erano inchinate al passaggio della principessa.

Alcune amazzoni sopravvissute all'attacco si erano rifugiate lì, altre purtroppo erano state imprigionate dagli sciti a Temiscira. Ma lei aveva appreso da Altea che si stavano organizzando per riconquistare la città.

Le abitanti di Temiscira avevano subito riconosciuto la principessa e tra gridi di esultanza, la speranza era tornata a risplendere nei loro occhi.

Ora che Otiria era al sicuro, Lynn si sarebbe unita a loro nella difficile impresa. Quella notte però avrebbero festeggiato il ritorno della loro principessa e si sarebbe svolta la cerimonia di incoronazione della futura regina.

Si chiese cosa avrebbe fatto il gargarense. Le amazzoni avevano lanciato al guerriero sguardi incuriositi al loro passaggio; tuttavia, lui era rimasto schivo e taciturno.

Così Altea li aveva condotti in un'ala riservata agli alloggi delle sacerdotesse, dove aveva dato loro tre piccole e sobrie stanze.

Si erano separati e Lynn si era diretta verso una pozza d'acqua poco lontana, per farsi un bagno e pulire le ferite. Poi aveva passato il resto della giornata a riposarsi.

Otiria sarebbe stata trattata con tutti i riguardi e lei doveva essere pronta ad affrontare l'arduo compito che l'attendeva.

«È ora.»

Si alzò dal giaciglio solo quando udì la voce di Altea che la chiamava e insieme si diressero alla cerimonia.


Dragan osservava lo svolgersi della cerimonia di passaggio dal buco nel muro che fungeva da finestra.

Le amazzoni gridavano e ballavano attorno ad un gigantesco falò, festeggiando la loro nuova regina. Le guardie sulle mura, invece, percorrevano silenziose i camminamenti. Simili a vacui fantasmi, garantivano la protezione da eventuali minacce.

La principessa era salva. Ciò aveva impedito la vittoria degli sciti e rallentato i loro propositi ma solo per il momento.

Fino a quando le amazzoni non li avessero sconfitti, avrebbero sempre costituito una minaccia sia per loro che per il suo popolo.

Si sdraiò sul giaciglio: aveva recuperato le forze dopo il lungo viaggio.

All'alba sarebbe partito per tornare al suo villaggio. Le amazzoni lo avevano trattato con rispetto, tuttavia, percepiva il fastidio che arrecava la sua presenza.

Non aveva alcun motivo per fermarsi oltre; in più doveva svolgere il suo compito di spia e raccogliere informazioni sulle prossime mosse degli sciti.

Era ormai notte fonda quando chiuse gli occhi. Stava per scivolare nel sonno quando udì dei colpi alla porta.

Si rimise rapido in piedi e con la spada in mano si diresse verso di essa. Appoggiato al muro, scostò appena il battente e i suoi occhi incontrarono lo sguardo chiaro e battagliero dell'amazzone.

«Cosa c'è?» le domandò guardingo mentre apriva maggiormente la porta.

Ma Lynn non rispose, limitandosi ad entrare nella stanza.

«Te ne andrai?» gli domandò invece piano, senza smettere di guardarlo.

«Parto all'alba.»gli confermò allora Dragan. Poi si diresse verso il giaciglio senza più guardarla.

Lynn, nonostante la freddezza del gargarense, avvertì il dolore che provava e se ne dispiacque.

Avevano condiviso un viaggio difficile e pericoloso ma ormai era finito. Le loro strade li stavano dividendo e i suoi sentimenti non la riguardavano più. Così tornò lentamente verso la porta.

«Ti auguro buon viaggio gargarense.» gli augurò allora e pregò la Madre che regnava su ogni cosa che fosse davvero così.

Attese un attimo, per vedere se il gargarense le avrebbe risposto, infine si voltò e uscì, lasciando che la porta si chiudesse alle sue spalle.

13

Lynn aveva il fiato corto. Correva da molto tempo ma ancora non poteva fermarsi.

I rovi le impedivano il passo, tuttavia ogni volta che cadeva si costringeva a rialzarsi: non poteva farsi prendere.

Ma loro avevano i cavalli ed erano veloci; sentiva i loro nitriti e gli inseguitori che li incitavano al galoppo e sapeva che quando la vegetazione avrebbe lasciato il posto alla pianura, sarebbe stata persa.

Eppure mosse un altro passo, poi un altro ancora fino a quando un rovo le si attorcigliò attorno alla caviglia, bloccandola al suolo.

Mentre la raggiungevano, davanti al lei sbucò un bambino.

Era piccolo e aveva i capelli scuri e uno sguardo penetrante. Protese verso di lei il braccio e la piccola mano e Lynn vide il suo sguardo disperato.

«Aiutami.» la pregò ma lei, nonostante si sforzasse, non riuscì a liberarsi.

Gli inseguitori infine erano arrivati ma, inaspettatamente, invece di catturare lei, presero il bambino.

«No!» gridò Lynn e il senso di perdita la investì.

Prima che riuscisse a fare qualcosa loro erano già saliti sui cavalli, galoppando via.

Si svegliò.

Era madida di sudore e aveva il respiro affrettato come se avesse corso a lungo.

Scosse il capo, con il sogno ancora vivido nella sua mente, poi si vestì e si preparò alla partenza.

Quel giorno, insieme alle altre amazzoni, avrebbe iniziato la lunga marcia verso Temiscira.

La sensazione di dolore e pericolo che aveva percepito nel sogno, tuttavia non l'abbandonò.

Raggiunse l'imponente portone davanti al quale le sue sorelle, armate fino ai denti, aspettavano il saluto della regina ma il viso disperato del bambino le apparve di nuovo nella mente.

Lynn cercò di scacciarlo e mentre si spostava verso Otiria che stava dando la sua benedizione alle guerriere, una fitta al cuore la investì. La fece barcollare e l'amazzone capì che qualcosa non andava.

Il suo pensiero andò inspiegabilmente al gargarense. Che gli fosse accaduto qualcosa?

La paura la investì e si accorse a malapena di Otiria che le sfiorava un braccio.

«Va tutto bene?» le chiese la regina, osservandola preoccupata.

Lynn scosse il capo, realizzando che non poteva andare con loro, non ancora.

«Perdonatemi, mia regina. Devo accertarmi che il gargarense stia bene prima di prendere parte alla battaglia.»

Non nominò il nome di Dragan ma lo sguardo acuto di Otiria le fece intendere che aveva compreso.

«Vai.» le concesse allora Otiria, sorridendo.

Era ancora giovane ma, in quel momento, Lynn ebbe la certezza che sarebbe diventata una regina saggia.

Grata, si inchinò in segno di rispetto e dopo aver attraversato di corsa il portone, sotto gli sguardi sorpresi delle altre amazzoni, iniziò la sua caccia.


Lo avevano seguito e lui non si era accorto di nulla. Dragan riconobbe che erano stati abili.

Dopo aver passato la notte insonne, era partito prima che sorgesse l'alba; si era incamminato di buon passo per mettere più distanza possibile dal tempio e dalle maledette guerriere. La loro vicinanza gli ricordava la madre che lo aveva abbandonato ed era difficile da sopportare.

Così era sceso rapido dalla montagna. Aveva portato con sé lo stallone e una volta in pianura, sarebbe salito sulla sua groppa per viaggiare più rapidamente.

Durante il cammino nel bosco, non udì rumori sospetti.

Fu solo quando il ripido sentiero lasciò il posto alle immense distese pianeggianti, che capì di non essere solo. Ma era troppo tardi.

Salì ugualmente sullo stallone nero e lo spronò al galoppo ma i suoi inseguitori erano rapidi. Due di loro, abilmente appostati al limitare della foresta, gli sbarrarono la strada.

Dragan si fermò e sguainò subito la spada. Poi scese dallo stallone e con sguardo feroce, si preparò allo scontro.


Udì voci indistinte.

Ritrovò lentamente la sensibilità e avvertì delle ruvide corde che gli stringevano i polsi e gli bloccavano il petto: i maledetti sciti lo avevano legato ai piedi di un albero.

Il dolore lo investì; le ferite che gli avevano inflitto non erano profonde. Lo preoccupava però quella alla schiena: la lama aveva lacerato la pelle e il sangue usciva copioso dal taglio. Avrebbe dovuto medicarlo o rischiava di indebolirsi.

Era calata la notte e gli sciti avevano catturato alcuni conigli e se ne stavano cibando.

Dragan provò lentamente a muovere le braccia ma le corde erano strette e non disponeva di nessuna arma con sé.

Quando lo avevano catturato gli avevano sottratto la spada per cui avrebbe dovuto trovare un altro modo per liberarsi.

Così allungò le dita verso il terreno, cercando qualche pietra.

Quando i suoi carcerieri si fossero addormentati, avrebbe potuto provare a sfregarla per far cedere le corde.

Doveva tornare dal suo popolo e da Fergus.

Così chiuse gli occhi e attese.

Si era quasi assopito quando udì i loro respiri farsi più pesanti; il sonno li aveva finalmente colti.

Così si allungò per prendere un sasso poco distante e cominciò il suo tentativo di liberarsi.

Sfregava la pietra da un po' di tempo quando udì un leggero fruscio; si interruppe rapido e il suo sguardo si spostò verso il bosco.

Guardingo osservo i dintorni; poteva trattarsi di un animale.

Pochi istanti dopo il fruscio si ripeté; qualcuno si stava avvicinando.

Gli sciti non si erano accorti di nulla, così si irrigidì e rimase immobile. Non si sarebbe fatto cogliere impreparato.

All'improvviso il fuoco scoppiettò e uno di loro si svegliò di soprassalto.

Lo scita si alzò e il rumore cessò all'improvviso.

Dragan distolse lo sguardo e fece finta di nulla.

«Non mi fido di te maledetto gargarense.» gli sputò il rapitore avvicinandosi e Dragan ricambiò con uno sguardo pieno di rabbia.

Poi lo scita si mise seduto vicino al fuoco, osservando i dintorni.

Una folata di vento li investì e il rumore, ormai quasi impercettibile, riprese.

Dragan sperò si trattasse di un lupo; se così fosse stato aveva la segreta speranza che questi attaccasse i rapitori, dandogli il tempo di liberarsi e fuggire.

Ma non accadde nulla.

Passò diverso tempo e Dragan stava per assopirsi di nuovo quando lo scita si avvicinò a lui con un coltello in mano.

«Visto che mi sto annoiando, penso proprio che mi divertirò un po' con te.» sibilò eccitato, facendo roteare la lama.

Dragan lo fissò disgustato e si preparò al dolore che avrebbe provato.

Lo scita stava ancora finendo di avvicinarsi quando un sibilio ferì l'aria e una daga si conficcò dritta nel suo collo.

Il rapitore sgranò gli occhi, incredulo, per poi accasciarsi a terra con un roco gorgoglio.

I suoi compagni, udendo il tonfo, si destarono di scatto, impugnando le spade.

Una lama scintillò nel buio e Lynn comparve nella radura dando inizio al combattimento.

In una mano aveva la spada e nell'altra l'ascia. Incalzò rapida il primo dei due, menando fendenti e schivando.

Dragan rimase ad osservare colpito la grazia e la letalità del combattimento amazzone.

Dopo pochi colpi la giovane riuscì a conficcare la spada nel petto del suo avversario.

L'ultimo scita, con un lampo di timore nello sguardo, si lanciò in un disperato attacco ma l'amazzone, dopo aver ruotato il busto per schivarlo, lo finì con un colpo allo stomaco.

Questi si accasciò a terra, raggiungendo i suoi compagni nella morte e nella radura tornò il silenzio.

«Cosa ci fai qui?» le domandò Dragan quando lei gli si avvicinò.

Con la lama della daga, Lynn tagliò sbrigativamente le corde che lo legavano poi lo osservò con il suo sguardo chiaro.

«Ti salvo.» gli rispose e una smorfia soddisfatta le comparve sul viso.

Le corde caddero al suolo e Dragan respirò. Tentò subito di alzarsi ma una fitta di dolore lo bloccò.

«Sei ferito.» constatò lei, inginocchiandosi.

Dragan vide la preoccupazione riempire il suo sguardo e ne rimase sorpreso: con lui era sempre stata fredda e distante.

«Fammi vedere.» gli sussurrò.

Dragan si voltò a fatica, il sudore gli impregnava la fonte e sentì le dita della giovane posarsi sulla sua pelle.

Quel contatto lo eccitò, lenendo il dolore. Nessuno toccandolo gli provocava un effetto simile.

Perché con lei era così? Si domandò sconcertato.

«Bisogna pulirla e fasciarla.» constatò Lynn, pratica. «Qui vicino dovrebbe esserci un piccolo fiume.»

Dragan la guardò negli occhi: non sapeva nulla di lei, eppure, era come se la conoscesse da sempre.

Nonostante le sue ritorsie per il popolo amazzone, realizzò che viaggiare con lei le era parso naturale, così come occuparsi delle sue ferite. Per questo non era riuscito ad abbandonarla al suo destino a Gordio, per questo l'aveva salvata durante l'attacco di Temiscira.

In quei momenti non se ne era reso conto ma adesso lo capiva. C'era qualcosa in lei che lo attirava inesorabilmente, qualcosa a cui non poteva sottrarsi.

Una parte di lui era intimorita dal potere che quella ragazza esercitava su di lui, dall'altra sentiva che era giusto.

«Hai la febbre.»

Ignara delle sue riflessioni, la mano di Lynn si posò sulla sua fronte e Dragan le afferrò le dita.

«Cosa mi fai...» - le bisbigliò roco e la sentì trattenere il fiato.

Poi, con la schiena appoggiata al tronco dell'albero, lasciò che le sue dita le sfiorassero il polso, il braccio e il viso.

Le afferrò gentilmente il collo e Lynn percepì il suo desiderio, lo stesso che albergava in lei. Fu invasa dai brividi.

Nessuno era mai riuscito a sottometterla ma il gargarense era l'unico che riusciva a farlo. La disarmava il fatto che a lui bastava un semplice tocco.

Il suo animo guerriero lottò per non cedere al suo potere ma era impossibile, così si arrese e lasciò che il guerriero la toccasse.

Dragan le sfiorò le labbra per poi insinuarle la sua lingua in bocca.

«Maledizione!» lo udì bisbigliare. Poi, come se avesse fatto pace con sé stesso, la baciò con una carica e un'intensità che la stordì.

La sua lingua la incalzava mentre le sue mani le sfilavano la veste.

Questa cadde leggera ai loro piedi poi Dragan le sfiorò la schiena con una sensuale carezza, fino alle natiche.

Un forte calore l'avvolse mentre le gambe la sostenevano incerte: Lynn si accorse di non riuscire a reggersi in piedi e le sue ginocchia incontrarono la terra.

Si ritrovo nuda, in ginocchio davanti a lui; la vergogna sostituita da un'eccitazione intensa.

Avrebbe dovuto assumere il controllo ma si scoprì a non volerlo fare.

Senza fiato si protese verso il guerriero e le loro pelli finalmente s'incontrarono.

Le mani di Dragan, intanto, la toccavano imparando a conoscere il suo corpo e Lynn sentì il suo respiro accelerare.

Restò colpita dalla sensazione che le sue dita produssero sulla sua pelle, nonostante le vesti del gargarense ancora dividevano i loro corpi avvinghiati. Ma lui fu lesto a liberarsene e lei si ritrovò nuda, seduta sopra di lui.

La luce della luna le illuminava i seni e le cosce e Dragan la trovò bella e irresistibile.

Si slacciò le braghe. I suoi occhi, notò Lynn, erano scuri per il desiderio e anche lei si lasciò travolgere da esso.

«Cosa mi fai.» le bisbigliò roco, interrompendo il bacio e guardandola negli occhi.

«Lo stesso effetto che tu fai a me, gargarense.» gli confessò Lynn.

A quelle parole lo udì gemere e ogni traccia di controllo scomparve dal suo sguardo. Poi il guerriero le afferrò le spalle e con un gesto secco del bacino la penetrò.

Per la prima volta da quando aveva lasciato il suo villaggio, Dragan respirò: era una sensazione assurda ma stare dentro di lei gli sembrava così giusto e naturale.

Si sentiva a casa e non aveva intenzione di rinunciarci.

Bandì la ragione e cominciò ad affondare in lei baciandola fino ad infiammarle le labbra e la pelle.

L'amazzone lo ricambiava con lo stesso ardore, in preda al godimento e lui continuò.

Il silenzio della notte era rotto dai loro gemiti e Dragan nonostante le ferite, avvertiva un'energia che non riusciva a spiegarsi. Voleva affondare in lei sempre.

Impaziente, le accarezzò le morbide pieghe e la sentì venire; l'amazzone si contraeva, stretta attorno a lui, facendolo godere.

Rilasciò violentemente il suo seme, appoggiandosi alla sua spalla e stringendole la schiena. Ma non era abbastanza.

Così la fece sdraiare con la pancia sull'erba e la penetrò da dietro, privo di controllo: il suo corpo la prendeva e lui lo assecondava.

La sentì venire ancora e ogni volta che l'amazzone si contraeva, l'orgasmo lo travolgeva.

Una sensazione che aveva già provato, durante le Unioni. Il suo profumo, quel corpo, la passione... e Dragan sconvolto realizzò che era lei, era sempre stata lei.

La prese ancora, a lungo. Infine, la fece sdraiare sotto di sé e mentre i primi raggi del sole illuminavano i loro corpi nudi, vide per la prima volta il suo viso sconvolto dal piacere.

Allora le accarezzò piano la guancia e, con uno slancio, Dragan si arrese all'ultimo orgasmo.

Quando uscì da lei, Lynn si sentì incompleta.

Si rivestirono in silenzio e lei gli medicò con gentilezza le ferite.

Gli piaceva stare tra le sue braccia, avvertiva calore e si sentiva a casa: erano un posto in cui poter tornare per riposare.

Così gli prese la mano; temeva che si sarebbe ritratto ma Dragan la ricambiò con suo sguardo sereno.

«Siamo pari adesso. Tu hai salvato me e io ho salvato te.» gli disse allora lei e per la prima volta il guerriero le sorrise.

«Già.»

«Un'amazzone paga i suoi debiti.» concluse Lynn, poi il suo volto si fece cupo e si alzò in piedi.

Dragan era salvo e adesso poteva concentrarsi sulla sua missione: doveva raggiungere le sorelle per aiutarle a riconquistare Temiscira.

«Devo andare.» gli disse allora. Non aggiunse altro ma seppe che il gargarense aveva capito.

Dragan annuì. «Buona fortuna.» le augurò.

«Ti ringrazio.» rispose Lynn, abbassando il capo. Poi si girò e, senza voltarsi indietro, si incamminò rapida verso la foresta.

Dragan rimase ad osservarla fino a quando la sua schiena non scomparve tra la vegetazione. Poi si alzò e si incamminò a sua volta verso la sua casa.

Non appena varcò i confini del villaggio gargarense, Dragan scese dallo stallone e si diresse verso la tenda del capoclan.

Ignorando gli sguardi sorpresi dei guerrieri entrò e si inginocchiò rapido davanti a lui.

Virtius, che aveva smesso di parlare, si sedette sullo scranno e lo osservò: suo figlio era provato dal lungo viaggio ma la luce battagliera del suo sguardo lo colpì.

«Dobbiamo parlare, padre.»

Dragan aveva pensato a lungo a cosa avrebbe fatto ma alla fine aveva deciso. Così spiegò all'anziano capoclan ciò che era accaduto e Virtius lo ascoltò in silenzio.

«Sono fiero di te, figlio.» gli svelò questi alla fine, commosso e Dragan ricambiò lo sguardo.

«Aiutiamole, padre.» lo pregò allora, poi si alzò in piedi e si diresse fuori.

Stava aspettando impaziente la sua decisione quando vide il piccolo Fergus corrergli incontro: era cresciuto.

«Padre.» gridò il piccolo aggrappandosi alle sue gambe. «Siete tornato!» e Dragan sorrise, posandogli una mano sul capo.

«Sì Fergus.» esclamò con un sorriso. - «Finalmente sono a casa.»

14

La battaglia fu cruenta.

Il clangore delle lame che si incrociavano senza sosta assordava le orecchie mentre l'odore acre del fumo impregnava le narici.

Le amazzoni però non si davano per vinte e incalzavano gli sciti senza tregua: dovevano riprendersi la loro città.

Lynn si muoveva agilmente lungo il campo di battaglia, con Ivres al suo fianco: la sua ascia e la sua spada avevano decretato la fine di molti nemici.

Ivres era tra le amazzoni rimaste prigioniere a Temiscira dopo il primo attacco e Lynn aveva tirato un sospiro di sollievo quando aveva scorto l'anziana viva davanti a lei. L'aveva abbracciata con calore e adesso lottavano insieme, come due sorelle, nella battaglia più importante del regno amazzone.

Gli scontri si protrassero per tutta la notte e all'alba del giorno successivo gli sciti, colti dalla stanchezza, capirono che la sorte, per loro, iniziava a farsi avversa: le amazzoni non davano alcun cenno di voler di cedere.

Ormai era troppo tardi per riconquistare il potere su di loro: non sarebbero più state le loro donne. Così iniziarono ad arretrare e la loro sconfitta si fece più vicina.

Fu però solo quando alcuni guerrieri gargarensi sbucarono dalle colline, che gli sciti si accorsero della loro inferiorità numerica e cominciarono a ritirarsi.

Prima che il sole tramontasse, Temiscira era di nuovo in mano alle guerriere.


Il capoclan gargarense aveva onorato il loro accordo, mostrandosi degno di fiducia e Lynn osservò Otiria che, con una solenne cerimonia, cementava il loro legame. Poi insieme a Ivres, ritornò nella loro capanna.

Si riposarono e stavano consumando una misera cena quando l'anziana le parlò.

«Sono fiera di te, hai tratto in salvo la principessa.»

«Ti ringrazio.» Lynn imbarazzata, annuì. - «Ma non sono stata sola.»

«Ti riferisci al gargarense.» Ivres sorrise. «Suona strano detto da un'amazzone ma sembra essere un uomo degno di fiducia.»

«Lo è.» rispose Lynn.

Non lo aveva visto durante la battaglia, né alla cerimonia: probabilmente era rimasto a vegliare sul suo villaggio.

Le due amazzoni avevano appena finito il desinare quando udirono un colpo secco alla porta.

Lynn si affrettò ad alzarsi e quando aprì il volto serio di Dragan apparve inaspettatamente sulla soglia. Con la spada appesa al fianco e i capelli raccolti, la osservava in silenzio.

Sorpresa lo guardò in volto e non appena incontrò i suoi occhi capì.

Nello sguardo del guerriero ardeva la sua stessa fiamma.

«Sei tornato.» sussurrò allora, commossa. Poi gli strinse con forza le dita

«Sempre.» le giurò lui.

Lynn sorrise e si preparò ad andare incontro ad un nuovo inizio.

Lightning Source UK Ltd.
Milton Keynes UK
UKHW021420091221
395309UK00010B/845